# A Princesa e a Mendiga

UMA LINDA HISTÓRIA DE VIDA DE PAULO E NINA

Editora Appris Ltda.
1.ª Edição - Copyright© 2025 dos autores
Direitos de Edição Reservados à Editora Appris Ltda.

Nenhuma parte desta obra poderá ser utilizada indevidamente, sem estar de acordo com a Lei nº 9.610/98. Se incorreções forem encontradas, serão de exclusiva responsabilidade de seus organizadores. Foi realizado o Depósito Legal na Fundação Biblioteca Nacional, de acordo com as Leis nos 10.994, de 14/12/2004, e 12.192, de 14/01/2010.

Catalogação na Fonte
Elaborado por: Dayanne Leal Souza
Bibliotecária CRB 9/2162

| | |
|---|---|
| P974p<br>2025 | Pscheidt, Benno Paulo<br>  A princesa e a mendiga: uma linda história de vida de Paulo e Nina / Benno Paulo Pscheidt. – 1. ed. – Curitiba: Appris, 2025.<br>  160 p. ; 23 cm.<br><br>  ISBN 978-65-250-7286-9<br><br>  1. Sucesso. 2. Progresso. 3. Felicidade. 4. Criatividade. 5. Livro educativo. I. Pschaidt, Benno Paulo. II. Título.<br><br>                                              CDD – 800 |

**Appris** editorial

Editora e Livraria Appris Ltda.
Av. Manoel Ribas, 2265 – Mercês
Curitiba/PR – CEP: 80810-002
Tel. (41) 3156 - 4731
www.editoraappris.com.br

Printed in Brazil
Impresso no Brasil

BENNO PAULO PSCHEIDT

# A PRINCESA E A MENDIGA
## UMA LINDA HISTÓRIA DE VIDA DE PAULO E NINA

CURITIBA, PR
2025

**FICHA TÉCNICA**

| | |
|---:|:---|
| EDITORIAL | Augusto V. de A. Coelho |
| | Sara C. de Andrade Coelho |
| COMITÊ EDITORIAL | Marli Caetano |
| | Andréa Barbosa Gouveia (UFPR) |
| | Edmeire C. Pereira (UFPR) |
| | Iraneide da Silva (UFC) |
| | Jacques de Lima Ferreira (UP) |
| SUPERVISORA EDITORIAL | Renata C. Lopes |
| PRODUÇÃO EDITORIAL | Adrielli de Almeida |
| REVISÃO | Stephanie Ferreira Lima |
| DIAGRAMAÇÃO | Amélia Lopes |
| CAPA | Lucielli Trevizan |
| REVISÃO DE PROVA | Bruna Santos |

# Apresentação

Hartz, um grande industrial do Rio de Janeiro, vai a Santa Catarina a negócios e encontra Hilda, muito linda e da mesma nacionalidade que ele. Logo, encanta-se por ela e pensa: é linda. Ele a conquista, conta de sua vida e a faz fazer promessas. Promete casamento e diz: "viajo muito". A paixão aumenta com muita intimidade. Ele viaja e, quando volta, encontra Hilda já com uma criança. Ela está ainda mais linda. Ele a chama de rainha e diz: "vou mandar construir um castelo para minha rainha e quero ter mais um filho", mas viaja novamente. Quando voltou, o castelo estava quase pronto. Tinham mais uma filha, com o nome de Nina, a princesa.

Um senhor, Sr. Justino, engenheiro agrônomo, compra um sítio próximo ao castelo, junto à sua esposa, Margarida. Os dois tinham um filho chamado Paulo.

Nina, Paulo e Carlos encontram-se em uma escolinha e estão sempre juntos. Já são inseparáveis, mas só no recreio, pois a mãe da princesa é brava e não deixa os filhos saírem do castelo. Eles só podem se encontrar na escola. Os três nem brincam com outras crianças, pois são inseparáveis.

Desse mesmo modo, chegam até a faculdade. Quando são separados por conta dos estudos, Nina e Paulo sentem muita falta um do outro.

Enquanto a princesa passa por dificuldades financeiras, após a morte dos pais, Paulo se forma cirurgião e fica famoso por seu trabalho, graças a seu tio que tinha uma boa economia. Ele consegue construir um novo hospital e assim divide seus atendimentos entre o hospital antigo e o novo.

No castelo, a princesa e seu irmão estão quase passando fome. Vão a uma imobiliária para vender o imóvel. A princesa compra uma casa na periferia e o irmão, um sítio.

Muita coisa se passou desde então.

Certo dia, Paulo tira férias do trabalho, compra um lindo carro novo e vai a Santa Catarina à procura de sua princesa.

# Pais de Nina

O senhor Hartz era o titular e diretor de uma grande empresa no Rio de Janeiro que já tinha muitos acionistas. Além disso, era casado e vivia feliz. Certo dia, teve que viajar a uma cidade de Santa Catarina a negócios da empresa, hospedando-se em um hotel. No dia seguinte à sua chegada, seria feriado naquela cidade e haveria festividades.

Já na festividade, Hartz encontra uma linda mocinha chamada Hilda, que era da mesma nacionalidade que ele e que rapidamente se encantou no primeiro olhar. Cumprimentaram-se e logo a conversa se transformou em uma grande amizade. Hartz ficou tão encantado que nem se conteve, terminando a festividade, marcou para se encontrarem no próximo dia, mas ele volta para o hotel e reflete consigo mesmo:

— O que vou fazer? Sou casado. Mas ela é linda e vejo que gostou de mim, não posso perdê-la. Parece uma rainha de tão linda, mas não posso falar a verdade sobre minha vida. Vou contar-lhe que sou funcionário público e viajo muito, muitas vezes até para o estrangeiro, e tenho um bom salário.

Pensamento enganoso de Hartz.

No dia seguinte, Hartz encontra Hilda ainda mais linda que outrora. Então começa, dizendo:

— Hoje, vou lhe contar um pouco de minha vida.

— Amanhã, contarei sobre minha vida. — diz Hilda feliz.

Hartz, com sua esperteza, percebe que Hilda também gosta dele.

— Eu moro em São Paulo com meus irmãos. Sou funcionário do governo e sou bem remunerado, só que preciso viajar muito. Como você sabe, estou no hotel a trabalho com tudo pago. Vou ficar por mais uns dez dias e volto para São Paulo prestar contas. Volto a te ver, já tenho férias vencidas.

Assim passou a tarde e Hartz marcou com Hilda para no próximo dia almoçarem juntos no hotel. No dia seguinte, Hilda chega na hora marcada. Ela, então, começa a falar sobre sua vida.

— Meus pais morreram já há alguns anos. Moro com meus avós, que já são velhinhos. Quero que você os conheça, pois já contei a eles que encontrei um amigo.

Hartz concorda. Não perde a oportunidade e a pede em namoro. Hilda fica feliz e aceita. Agora como namorado, Hartz vai conhecer os avós de Hilda. Logo, agrada-os de toda forma e passa a comparecer quase todos os dias à sua residência, prolongando sua estadia na cidade. O amor entre eles se tornou muito forte. Com a proximidade, Hartz, para ficarem juntos, passou a ficar na casa dos avós de Hilda, mas logo teve que voltar ao Rio de Janeiro e cuidar de seus negócios.

— Vou ter que viajar ao estrangeiro a negócios e vou demorar um pouco a voltar, mas receberá uma correspondência e uma quantia todo mês. Eu voltarei. — disse à Hilda.

Assim foi. Levou 14 meses para voltar. Hilda já se encontrava com uma criança no colo, pois não podia comunicar a Hartz a novidade, visto que ele não deixou endereço e nem podia. Hartz ficou tão feliz. Era uma alegria ver Hilda ainda mais linda e bela com uma linda menina.

— Que nome vamos lhe dar? — diz Hilda.

— O nome de Nina. — responde Hartz. — Vou construir um castelo para minha rainha e para a princesa Nina. Depois, casamos e você registra como mãe solteira.

Hilda concorda. Então, foram a uma construtora e contrataram uma grande obra em forma de castelo.

— Quero presentear você e meus filhos com esta obra. Quero ter mais um filho. — Hartz diz à Hilda.

Hilda ri e concorda. Hartz volta para cuidar de seus negócios.

— E que tudo dê certo — completa ele.

Dentro de quatro meses, volta. A grande obra já está bem adiantada. Hilda vê que o castelo vai ficar lindo. O amor entre os dois cresce cada vez mais e Hilda engravida outra vez. Vem um lindo menino, no qual puseram o nome de Carlos.

Com o castelo pronto, Hartz diz à Hilda:

— Vamos pôr a escritura do castelo em nome das crianças.

Hilda concorda com tudo, pois não tem parentes e os seus avós já estão bem velhinhos. Logo, vão morar no castelo. Hilda se dedica aos filhos, a princesa Nina e Carlos, que crescem com Hartz indo e voltando, mas sempre deixava uma boa quantia para Hilda. Eles até esqueceram-se de falar sobre casamento. Tudo estava indo bem e as crianças estavam crescendo.

Certo dia, vem o senhor Justino de uma cidade próxima e compra um sítio próximo ao castelo de Hilda. O senhor Justino e sua esposa, Margarida, e seu filho, Paulo. Justino queria conhecer os vizinhos. Chegando ao castelo, dona Hilda o recebeu com grosseria, mostrando seu orgulho.

— Já viu o orgulho de Hilda que não recebe visitas? — o senhor Justino conta à sua esposa e a seu filho, Paulo, ainda pequeno. — Cada qual em seu lugar. — Justino já os ignora.

O senhor Justino verifica suas terras, constatando que têm boa aguada. Começa plantar uma fruticultura e, como possui um caminhão, faz alguns fretes. Logo, começa a preparar a terra. Como é agrônomo, tem todo conhecimento, compra novas mudas bem enxertadas e prepara a irrigação, já que tem um ótimo rio na divisa de um lado do terreno. Com seu caminhão ainda faz alguns carretos.

Hartz, proprietário do castelo, como viaja muito, levou meses a voltar e sua esposa Hilda conta a Hartz do novo vizinho, conta que nem conheceu sua esposa. Hartz, que é muito ocupado, enquanto está em casa, fica no escritório e nem tem tempo de conversar com ninguém.

O tempo foi passando tão depressa que nem notam que as crianças precisam de uma escolinha preparatória. Então, o engenheiro agrônomo matricula seu filho, Paulo, e madame Hilda matricula seus dois filhos, a princesa Nina e Carlos. A mãe de Paulo, dona Margarida, vai buscar e levar todos os dias seu filho, e o comandante do castelo vai também buscar e levar Nina, a princesa, e Carlos, que agora já podem brincar juntos na escolinha. Tudo ainda na inocência de criancinhas, mas com aquele pressentimento de vizinhos.

Justino começa a colher os primeiros frutos e a comercializar no Ceasa. Registra uma empresa de geleias, doces e sucos, já que sua esposa é especializada em conservas, querendo comercializar e já começando a melhorar as coisas para o engenheiro agrônomo.

Em um fim de semana, tiram uma folga e vão visitar o irmão de Justino em São Paulo, deixando um chacareiro aos cuidados da casa. Chegando na casa de seu irmão, António, um médico, relata tudo que estão produzindo e sobre aquele castelo do Sr. Hartz e Hilda.

— Tentei várias vezes amizade com eles, mas sempre em vão. Só que as crianças estão matriculadas na mesma escola. Sempre contam algumas coisas. Agora, já estão na primeira série do colégio, que não fica muito longe de nossa casa.

— Só que é bastante longe para te visitar. — diz António.

— Sim, mas, como tudo hoje é mais fácil, já tem tecnologia e carros econômicos e o senhor precisa visitar Santa Catarina e ver como o povo é acolhedor.

O médico riu.

— Por que você está rindo? — pergunta Justino.

— Seu vizinho não é tão acolhedor, pelo que você me falou. — completa Dr. António.

Enquanto isso, Margarida e Marta tinham muito o que conversar.

O filho de Margarida, Paulo, estava muito interessado na medicina e pergunta:

— Ser médico é bom?

— É uma prisão, mas se ganha razoavelmente bem. É uma profissão que exige muito estudo. — doutor António responde.

— Sim, vou me esforçar nos estudos.

— Tudo bem, filho, nossa cidade está precisando de médico mesmo, mas ainda é pequeno e pode se dedicar no que quer ser. — o pai responde.

Logo que voltam dessa visita e viagem, começam as novas aulas. No primeiro recreio, os três se encontram.

— O que você fez nas férias? — Nina, a princesa, pergunta a Paulo, enquanto Carlos escuta.

— Eu fui visitar meu tio, que é médico. Ele me levou ver todos os doentes em todos os quartos. Foi legal. E vocês, o que fizeram? — diz Paulo.

— Olha, nem pudemos sair de casa. Minha irmã ainda tem aula de balé e aula de piano, mas eu não posso nem ter amigos, fico trancado estudando. Isso é muito chato. — responde.

Eles mantinham uma amizade ainda nos primeiros dias de aula. Os demais alunos os chamam para outras brincadeiras, mas os três preferem estar sempre juntos, como só podem se encontrar nesse momento de recreio, pois a mãe de Carlos e da princesa Nina não os deixam sair do castelo. Paulo, filho de Margarida, conta todas suas aventuras no sítio, fala das frutas e de muitas coisas sempre no recreio.

— Vocês são irmãos? Por que não participam das brincadeiras? — outros alunos já começam a perguntar.

A princesa Nina já está gostando de estar sempre ao lado de Paulo, o qual sempre trazia alguma fruta diferente para Carlos e Nina, a princesa, que de fato era muito linda que até a diretora a chamava de princesa. Ela sempre teve boas notas escolares, assim como Carlos, pois tinham que estudar o dia todo e ainda tinham balé e piano com professores particulares.

Paulo se divertia no sítio, mas gostava de estudar.

— Você disse que queria ser médico, para isso é preciso estudar muito. — seu pai sempre lembrava.

A professora vê as três crianças sempre juntas no recreio sem brincadeiras e sempre com as melhores notas da sala. Essa informação foi levada à diretora que passa a observar o comportamento dos três alunos. O ano letivo está terminando e chegando as provas. Paulo, a princesa Nina e Carlos passam de ano com as melhores notas de todos os alunos. Novamente, entram de férias e Paulo, com saudades da princesa, aproxima-se do castelo.

— O que você quer? — a empregada do castelo pergunta.

— Eu queria falar com Carlos e Nina. Somos colegas de colégio. — ele diz.

— Não se aproxime deles que eu chamo a mãe deles e ela é muito brava. Saia daqui. Se ela te ver aqui, te manda sair já.

Paulo saiu surpreso e chateado, e a empregada contou a Carlos.

— Se meu pai estivesse aqui, ele nos deixaria brincar juntos. Você vai ver, vou contar a ele quando voltar. — Carlos diz.

— A mãe dessas crianças é má. — a empregada ficou pensando. — Você tem razão, são férias mesmo, porque nas férias aumentam as aulas de balé e piano de Nina e as de música de Carlos. Eles não têm amiguinhos.

— Não posso me aproximar deles. Podíamos nos divertir à vontade, mesmo eu sendo filho único.

Paulo conta o acontecido a seu pai.

— Um dia você vai ser médico, se estudar bastante, e poderá ter muitas coisas, com a graça de Deus. — Justino disse a ele.

A fruticultura estava rendendo muito bem e já estava pensando em exportação na sua marca de geleias, doces e sucos, a qual já tinha boa aceitação na praça e em todos os mercados.

Hartz vem de viagem, seu filho Carlos quer lhe falar, mas seu pai nem lhe dá atenção, diz que está muito ocupado, só fica em seu escritório e logo viaja novamente. Carlos e Nina começam a perceber a atitude de seus pais e verem outras crianças com liberdade para brincarem. Começam a se queixar para os funcionários que também têm filhos e gostam de seus coleguinhas e amigos. Começam a entender a rudez de Hartz e Hilda, devido à posição social, querem manter as crianças sem brincar, divertir-se e fazer amizades.

Hilda os educa com linguagem e comportamento diferenciados, aulas de balé para Nina e música para Carlos. Mesmo tendo a mãe evitando, todos os dias no recreio os três estão juntos. A professora vê que ainda estão com as melhores notas e bom comportamento, não entende se moram no mesmo local. Paulo já vai sozinho para casa e Carlos e a Princesa, como todos a chamam, a funcionária os vem buscar.

— Por que você não vai junto no caminho para casa com a Princesa? — a professora um dia pergunta.

— Olha, professora, vou lhe contar. Os pais deles são muito bravos e não deixam eles sair daquele casarão. O único tempo que temos juntos é o do recreio. Somos bem vizinhos, meu pai é engenheiro agrônomo e temos uma fruticultura. Eu tenho toda liberdade e já tentei convidá-los, mas eles não querem nem que chegue perto do castelo da Princesa — responde Carlos.

A professora fica ainda mais curiosa. Sempre observa os três. O ano escolar já se aproxima do fim, junto aos exames. Os três ainda são os melhores na sala, em comportamento e notas. Ainda que tenham que aguentar críticas dos outros alunos dizendo que Paulo e a Princesa estão namorando, eles nem ligam, simplesmente riem. Ainda são crianças entrando na adolescência. Agora já entendem.

Agora estão no quarto ano do primário. Depois que terminado o primário, a mãe de Paulo fica gravemente doente, vindo a falecer. A Princesa não vê Paulo no colégio, pois tinha justificado sua falta com a diretora. Ela vai até a diretora do colégio e pergunta:

— O que aconteceu com Paulo que não vem às aulas?

— A mãe de Paulo faleceu, mas ele vem para as provas finais e exames. — responde a diretora. Como a diretora já sabia da amizade entre eles, continua. — Vocês não conversam em outros momentos?

— Só no recreio. — diz Nina. — Minha mãe não nos deixa sair de casa e meu pai viaja muito.

— Paulo e seu pai, Justino, estão muito tristes, devido à morte da mãe de Paulo, dona Margarida. Era ela que comandava a indústria de doces, geleias e sucos e outras conservas. A fruticultura do pai de Paulo está em boa fase de lucros, me falou o senhor Justino. — ainda a diretora diz.

Nina agradeceu a boa conversa que teve com a diretora. Chegando em casa, conta seu irmão, Carlos.

— Nossos pais parecem que só querem prender, nós não podemos nem conversar com os outros, nem ter colegas. Como vai ser nosso futuro? — Carlos diz.

— Não sei. — responde Nina.

Chegando o dia das provas, Paulo vem às aulas e Nina logo vai correndo ao seu encontro e dá seus sentimentos.

— Como você está bonita, Nina. — Paulo diz.

Nina fica toda feliz.

— Estou preocupado com meu pai, que não se conforma com a morte de minha mãe. Ela era tudo para ele e para mim. — Paulo logo fala.

— Eu gostaria tanto que eu pudesse estar junto de você. Eu lhe mostraria a plantação de meu pai e a indústria de conservas que era de minha mãe, mas você não pode nem sair do castelo. Eu não posso nem chegar perto, disse para mim a comandante e ela é a prova.

— Tenho certeza de que um dia ainda posso sair com você, Paulo. Iremos aonde quisermos. Você vai ver. Já está na hora da prova. Você estudou, Paulo? — completa a Princesa Nina.

— Sim, eu recebi em casa o que devia estudar. Nossa diretora é muito bondosa para nós.

— Sim. — diz a Princesa.

Na saída, ainda se despedem e a responsável Frida que a leva e traz a Princesa Nina e Carlos percebe.

— Você ainda está de conversa com aquele menino? — diz a responsável.

— Sim. Se você contar à mamãe, você vai ver o que eu e Carlos vamos fazer contra você. — responde Nina.

— Podem ficar sossegados, pois eu também tenho uma filha quase da tua idade e ela tem vários colegas e amigas e me conta tudo que conversam. Eu fico feliz e vejo que tua mãe é má. — a comandante diz.

Nina agradece e completa:

— Eu gosto de Paulo.

— Quando começarem as aulas de novo, vou dar um tempo para vocês e eu fico esperando lá fora. — responde Frida.

A Princesa agradece mais uma vez.

Começam as férias. Paulo fica em casa, agora já ajudando o pai na casa e no pomar, mas Justino já se encontra depressivo e com outros problemas.

— Pai, o senhor está sentindo muita falta da mamãe. — diz Paulo.

— É verdade. Quando se gosta e se ama, é muito difícil a separação de morte, mas precisamos entender quando termina nosso tempo aqui na terra e Deus nos chama. — responde Justino.

Paulo fica conformado, mas nota que seu pai não está bem. Como ainda estão em férias, tenta de novo se aproximar do palácio onde mora a Princesa Nina. Dessa vez, Frida atende quando bate a campainha.

— Paulo, fique atrás de uma árvore que está ali junto à grade. Eu vou dizer à Nina que você está ali. Podem conversar. — ajuda Frida.

Conversam por uns 30 minutos. A felicidade da Princesa era imensa. Ela agradece a Frida.

— Vocês já estão namorando? — Frida pergunta feliz.

— Eu sim, mas ele ainda não sabe e estamos juntos desde os primeiros dias de escolinha. — responde Nina.

— Então, conte a ele que você gosta dele e você vê o que ele diz. Você é linda e é quase uma mocinha, aqui fechada neste casarão. — completa Frida.

— Mas um dia vou ficar livre. — finaliza Nina.

As aulas novamente começam, agora já na quinta série.

No primeiro dia, Paulo já vem mais cedo e Nina também.

— Que saudades! — dizem um para o outro.

Tinham, agora, um tempinho para conversar depois de tanto tempo. No recreio, por um momento os dois ficam sozinhos.

— Você gosta de mim? — a Princesa pergunta.

— Gosto. Eu te amo. Quer ser minha namorada? — finalmente Paulo diz.

— Sim. Só que estou fechada naquele casarão. — Nina salienta.

— Mas, quando nós tivermos 18 anos, podemos ter o direito de ser livres. Agora, nós podemos nos encontrar aqui no colégio e sempre conversamos sobre o namoro escondido e Frida pode nos ajudar. — ele completa.

— Que bom. — diz a Princesa, dando um abraço em Paulo, que fica muito feliz.

— Aconteça o que acontecer, vamos esperar um pelo outro. Somos um só coração. — Paulo ainda diz.

— Sim, fico mais feliz por você dizer isso.

— Quero ver se vocês sustentam tudo isso. — diz Carlos e começa a rir.

No dia seguinte, novamente vem mais cedo, pois Frida já sabe por que vir mais cedo, pois conversam mais e agora já com assuntos de futuro.

Como o pai da Princesa viaja muito, Hilda tem os afazeres do palácio, Carlos, já mocinho, reclama muito em só ter que estar dentro do casarão estudando música e as lições colegiais, nem pode ter amiguinhos.

No próximo dia de aula, a Princesa Nina já espera Paulo.

— Eu te amo muito. — diz ela.

— Eu amo muito mais. Mesmo que não possamos sair juntos, temos esse pacto, se querem nos separar, um espera pelo outro, aceita, minha Princesa? — Paulo pergunta.

— Sim, com alegria.

Dias se passaram. Paulo diz à Nina:

— Já estou sem minha mãe e vejo que meu pai também está sentindo alguma doença. Eu percebo e pergunto, mas ele diz que está tudo bem.

O recreio termina.

No outro dia, a Princesa pergunta:

— Como está seu pai?

— Está tudo bem, mas eu o vejo gemer por algumas vezes e não posso perdê-lo, pois não tenho parentes aqui. — responde ele.

— Aconteça o que acontecer, meu pacto com você sempre cumprirei. — a Princesa responde.

— Eu também. — completa Paulo, dando um forte abraço na Princesa.

A diretora vê os dois, mas, como ela já vem observando eles há tempos, não diz nada.

Tudo estava ocorrendo bem. A Princesa um pouco preocupada conta para Frida que estão namorando firme e fizemos até um pacto de, se acontecesse alguma coisa, um espera pelo outro. Frida começa a rir e diz:

15

— Vão ter muitas dificuldades. Tua mãe é rígida demais.

E a Princesa diz:

— Isso ainda não me preocupa, mas o pai de Paulo, como ele diz, parece estar doente. Paulo acha falta da mãe e não tem parentes aqui.

— Um pacto muitas vezes leva anos para se cumprir, mas, quando o amor é forte, tudo se realiza. — complementa Frida.

A Princesa ficou contente e agradeceu a Frida.

Em todos os dias de aula, Nina e Paulo estão juntos, enquanto Carlos já está integrado em futebol com os colegas de colégio. Estão quase terminando a quinta série.

— Meu pai está gravemente doente. Se acontecer o pior, vão querer me mandar para meu tio, que é médico. Mas, não se preocupe, eu volto para te buscar. Meu pai, já de cama, me falou que o que é dele será posto em uma conta em meu nome na poupança. — fala Paulo, enquanto começa enxugar as lágrimas.

— Cumprirei o nosso pacto. — a Princesa diz.

— Eu também. — completa Paulo.

Logo, as provas deles estavam chegando. Paulo, Princesa e Carlos tiveram as melhores notas, passando de ano. Agora, era o momento de se matricular em uma faculdade. A Princesa e Carlos foram matriculados em uma faculdade um pouco mais longe, no outro lado da cidade, e Frida terá de levá-los de carro.

Durante as férias, o pai de Paulo falece e é sepultado. Vem seu tio, médico famoso em São Paulo, e leva Paulo, adotando-o legalmente, já que não tinha filhos. O médico Dr. António e sua esposa ainda se encontraram em Santa Catarina para vender as coisas e o inventário do sítio. Tudo foi muito rápido.

Paulo, ao chegar a São Paulo, chora muito por falta de seus pais e da Princesa. Então, Dr. António leva Paulo junto ao hospital. Ele vê os doentes todos sendo atendidos pelo seu tio.

"Vou ser médico", pensou ele.

Assim, foi se matricular na faculdade de Medicina. Pergunta a seu tio se a profissão é rendosa.

— Veja. Tudo o que eu tenho é da medicina, é muito trabalhoso, mas é bem rendosa. — seu tio disse.

Paulo ia junto com seu tio e muitas vezes, na falta de um acompanhamento para uns clientes, ele já faz companhia quando seu tio faz plantão, passando a noite no hospital. Fez logo um curso de enfermeiro pela manhã.

A Princesa procurava saber o que aconteceu com Paulo e fica muito triste. Como Nina e Carlos não podem sair do casarão, ela pede à Frida se alguém da família pode pesquisar naquele sítio e perguntar onde Paulo está.

— Vou mandar alguém investigar, querendo saber de Justino e seu filho Paulo. — Frida diz.

A Princesa agradece à Frida. Frida já gostava do namoro dos dois.

Frida pede a seu irmão e a seu filho para verificarem no sítio e ver o que aconteceu com Paulo. Eles se dirigem ao sítio e encontram funcionários fazendo reformas na casa. Lá, perguntam sobre o antigo morador e a resposta foi:

— Não conhecemos. O proprietário que comprou este sítio vem dentro de dez dias.

Ambos voltam e contam tudo à Frida. Frida diz tudo à Princesa Nina, esta pede que depois dos dez dias eles retornem. Frida concorda.

Nesses dias, vem de viagem o Sr. Hartz. Como demorou muito dessa vez, Hilda reclama muito. Hartz fica em seu escritório e nem dá atenção para seus filhos, fica pouco tempo e volta. Hilda fica preocupada e pensa:

— Que vida que eu tenho. Agora, até meus filhos me acusam de ruim e dizem que sou má.

Paulo já com diploma de enfermeiro técnico quer um emprego no hospital e seu tio já consegue uma vaga para ele. A senhora Marta, tia de Paulo, trata-o muito bem e fala a seu marido, António:

— O menino Paulo é muito bem-educado, mas quando falo "você não tem namoradinha na faculdade?". Ele diz, "não, minha namorada, Princesinha, ficou em Santa Catarina, um dia vou buscar ela lá".

Ficam admirados com essa resposta. Paulo, atuando no hospital como enfermeiro, dedica-se muito aos pacientes e é bem-visto por todos os enfermeiros. Na faculdade de Medicina, com boas notas e seu tio, já o convida a participar de cirurgias como participante com outros médicos.

Paulo, muito dedicado, interessa-se a cada etapa da cirurgia.

— Agora, quero que seja um grande jovem médico. — disse seu tio António.

— Sim. Eu gosto da profissão não tanto pelo dinheiro, como eu pensava, mas podendo salvar vidas. Vejo, tio, quantos pacientes pobres que não podem pagar. — responde Paulo.

Paulo se dedica só aos enfermos ainda como enfermeiro técnico. Quando precisa passar a noite como acompanhante, ele o faz. Ainda agora, quase médico, já participou junto a seu tio e até participou de um transplante de fígado.

— Qual foi a sua valia na faculdade de Medicina?

— A minha esposa Marta. — o tio António fala.

Paulo não fala em aplicar o dinheiro do sítio e da indústria de conservas. Então, Marta diz a Paulo no dia seguinte:

— Você devia aplicar o dinheiro que você herdou de seus pais.

— Estou tão empenhado neste hospital que até me esqueci. — responde ele. — Só não posso me esquecer da minha Princesa que ficou lá em Santa Catarina. Amanhã, vou verificar no banco a minha quantia. Penso em comprar um ou dois apartamentos. Como o tio paga até minha faculdade, já devo ter uma boa economia.

— Boa ideia. Dois apartamentos já lhe dão um bom rendimento. Você merece, pois é muito dedicado. Naquele hospital todos te querem bem, diz meu marido António. — fala a tia.

Enquanto no palácio, Hartz e Hilda estão tendo conflitos, pois o senhor Hartz quase não para em casa, somente deixa o dinheiro para as despesas. Hilda já começa a desconfiar, pois, com a boa convivência com as crianças, esquece até de reclamar do casamento e começa a remexer em seu escritório, mas não encontra nada de suspeito. A Princesa e Carlos ficam cobrando a sua situação e, agora já na faculdade, Nina faz Administração de Empresa e Carlos Agronomia.

Reclamam que, já com quase 18 anos, não têm liberdade. Hilda já quase não sabe o que fazer.

— Também, seu pai não para em casa e demora a vir. Quando vem, fala muito pouco comigo, nem me conta o que faz e qual é seu cargo. Só pergunta se falta alguma coisa. A vocês ele não deixa faltar nada, mas falta o amor e o diálogo em nossa casa.

Princesa e Carlos dizem:

— A senhora não é feliz e não deixa nós ser feliz. Ficamos aqui trancados neste casarão triste.

Dona Hilda se zanga e sai. Quando Hartz volta novamente, Hilda já começa dizendo:

— Os nossos filhos já estão percebendo o que você faz e qual é seu cargo. Estão me cobrando sobre nossa vida. Você não para em casa, nem tem tempo para eles e nem para mim.

— Logo vou me aposentar. Só que vai diminuir meu salário e ainda preciso atender uma indústria. O serviço governamental não dá para nada. — responde Hartz.

— Tudo bem.

Logo viaja novamente e demora ainda mais para voltar.

Agora, os filhos já estão quase maiores de idade. A Princesa só fala de Paulo, já nem se importa de sair. Vai ficar na espera de Paulo. Sempre se lembra de Paulo. Carlos, agora já com mais liberdade, sai e tem uns colegas, joga futebol com seus amigos e diz para sua irmã, Nina:

— Se quer sair, eu levo você e a mãe tem que deixar.

— Não. Se Paulo estivesse aqui, eu sairia com ele. Você sabe do meu pacto. Com ele ainda não sei o que aconteceu. Frida me prometeu que enviaria seu irmão para investigar, já que minha mãe brigou com Frida. — Nina diz.

— Minha irmãzinha, eu e meus amigos vamos investigar o que aconteceu com Paulo. — Carlos diz.

Carlos convida alguns amigos e vão ao sítio e encontram o proprietário. Logo, perguntam do antigo proprietário do senhor Justino e seu filho Paulo, que era amigo dele. Ele logo conta:

— Eu não os conheci, pois foi a imobiliária que me vendeu esta propriedade, mas os empregados que aqui se encontram trabalhando contam que o senhor Justino faleceu e seu filho, seu tio que é médico, levou-o para São Paulo. O menino ainda tinha dito a um dos empregados que um dia viria buscar sua Princesa que mora aqui em Santa Catarina.

Então, despediram-se e o agradeceram que foi tão cordial com eles. Quando Carlos conta tudo à sua irmã, ela começa a chorar, mas Carlos a consola.

— Ele disse a outro funcionário que voltaria buscar você. Ele falou "Princesinha". Pode ter esperança de que ele guardará o pacto que você fez com ele. Logo, ele já tenha alcançado os 18 anos.

— Eu vou esperar por Paulo. Nem vou mais insistir com a mãe ou reclamar. Continuarei as aulas de piano e o pai comprou uma sanfona que pedi. Vou aprender e até cantar e escrever algumas palavras. Assim, o tempo passa mais depressa. — Nina agradece seu irmão.

Quando Hartz vem, Hilda novamente briga muito, porque não se acomoda e para em casa, já com os filhos com 18 anos. Hartz se irrita, então, logo viaja de novo.

Enquanto Paulo estudava muito, viu seu saldo do dinheiro do sítio do seu falecido pai e de sua economia na conta. Já com uma boa quantia, fala com sua tia e com tio, que o deixa comprar dois apartamentos.

— É uma boa aplicação. — Dr. António diz.

Paulo pesquisa as imobiliárias de São Paulo e encontra dois ótimos apartamentos e ainda sobra um pouco para sua reserva. Seu ordenado como enfermeiro é especial e sempre ganha mais e economiza quase tudo, já que seu tio paga a faculdade e para em sua casa.

— E tua namoradinha? — os tios às vezes perguntam.

— Um dia vou buscá-la em Santa Catarina. Logo, vou me tornar médico. — responde.

Ele tem as matérias todas adiantadas e tem um bom comportamento. Nas matérias de Medicina, já dá aula de reforço a outros colegas de faculdade, pois adquiriu um bom conhecimento na área da Medicina. Acompanhava todas as cirurgias com seu tio até como médico auxiliar e acompanhar as visitas de Dr. António a pacientes. Prescreve receitas com perfeição, que até o Dr. António fica surpreso.

— Como sua formatura está próxima, você prefere abrir um consultório? — Dr. António pergunta.

— Não. Como estou me especializando clínico-geral cirurgião, eu prefiro estar num hospital que atua com vários convênios.

Dr. António acha muito interessante a sua resposta e fica surpreso. Seus tios conversam sobre o empenho de Paulo na Medicina e António diz à Marta, sua esposa:

— Vou convidá-lo para comprarmos um bom terreno e construir um hospital moderno. Já que não temos filhos, precisamos investir em nosso sobrinho, Paulo.

— É verdade. — diz Marta. — Só que me preocupa que não gosta de nenhuma moça daqui quando, pergunto ele diz "uma Princesa de Santa Catarina".

— Ah, sim. Ele já me falou de tal moça. Ela se chama Nina e mora em um castelo. Só fica fechada, pois sua mãe é muito brava, mas a Princesa é muito linda. Tudo bem, quando ele quiser pode ir para Santa Catarina e rever o lugar de seu pai. Ainda pedi que, quando for, nos avise e pode fazer uma visita rápida. Até lhe disse que poderia pegar meu carro.

Certo dia, Paulo pede a um colega de faculdade para ir com ele para Santa Catarina e rever seu lugar. Chegando àquela cidade, não encontra mais aquele bairro. Como devia voltar logo, não procura mais e vê que mudou. Tudo estava diferente e assim voltam, mas no pensamento de Paulo:

— Voltarei quando tiver meu próprio carro e minha vida esteja preparada para receber uma Princesa.

— Paulo, você é um filho já adotado. — seu tio diz.

— Já sei o que quer dizer. — diz Paulo.

— Quero propor construirmos um hospital moderno e associarmos com vários convênios. — diz António.

Paulo acha conveniente e pergunta:

— Terei que vender os apartamentos.

— Não, já tenho as economias e me proponho a verificar algumas mobiliárias para o local. — Dr. António diz.

— Muito bem. — concorda Paulo.

Em Santa Catarina, as coisas não estão indo muito bem. Quando Hartz deixa o castelo, nem se despede dos filhos e Hilda só vê que vai com malas. No caminho, já perto do Rio de Janeiro, sofre um grave acidente. Hilda espera e nada de Hartz aparecer. Carlos e Nina já estão perto de se formar, mas não sabem se defender e nem entendem nada da vida, pois vivem fechados naquele castelo. Hilda espera e Hartz nada. O dinheiro já acabando e Hilda revira todo escritório de Hartz e nada de endereço. Já quase sem dinheiro, Hilda diz a Nina e Carlos:

— Vocês podem trancar as matrículas, porque este mês já não podemos mais pagar a faculdade. Deve ter acontecido alguma coisa com ele.

Logo, recebem um telegrama que Hartz se acidentou e estava hospitalizado no Rio de Janeiro, mas já está em casa. Só isso dizia no telegrama. Hilda fica furiosa, e diz aos filhos Nina e Carlos:

— Vejam o que diz o telegrama. Ele já está em casa. Então, está claro. Tem outra casa e sempre nos enganou. Bem que eu já desconfiava.

Hilda começa a economizar e despede as aulas de balé e as aulas de música. Fica só com uma empregada, e diz Carlos e Nina a Princesa:

— O que vamos fazer agora? Não sei nem cozinhar e nem trabalhar. Onde vamos arranjar algo?

— Viu, mãe, a senhora nos prendeu aqui dentro deste casarão, não temos nem amigos. — Carlos diz. — Agora, estamos nesta situação por sua culpa.

Hilda começa a chorar.

— Ainda nos resta um pouco de dinheiro.

Dentro de um mês, recebem uma carta sem endereço do enviado contando do falecimento de Hartz. A sua indústria ficou para os acionistas e a casa e carros ficaram para seus cinco filhos do Rio de Janeiro. Há uma procuração para que possam ficar com o castelo. Hilda quase desmaia, e Carlos e Nina dizem:

— O que foi, mãe?

— Leiam vocês mesmo. — a mãe diz.

— Como pode? Temos cinco meios-irmãos que nem conhecemos.

Hilda ficou tão zangada que diz que o funcionário do governo só quis os enganar.

— Se Paulo estivesse aqui, eu ficaria com ele, mas não vou perder a esperança. Sei que um dia virá me buscar, como falou para aquele funcionário do sítio. O pacto que fizemos de um dia vir me buscar. Mas você deve arranjar uma namorada. Já tem a idade. — finaliza Nina.

— Agora, vamos ver o que mamãe decide. Vi que foi enganada. Isso é muito feio e serve de exemplo para nós. — Carlos diz.

Logo, as coisas começam a ficar mais difíceis, pois as contas precisam ser pagas e não há mais dinheiro. As coisas começam a faltar e Hilda fica doente. Carlos observa e diz à Nina:

— Sabe, nossa mãe não aguenta essa enganação e já está gravemente doente. Cabe a nós dois tomarmos as decisões. Já vasculhei em todas as coisas do escritório do pai e nada encontrei. Só a escritura do castelo e a procuração para nossa mãe.

— É tão grave? — Nina pergunta.

— Sim. — responde Carlos. — Devemos ir ao cartório para ver o que devemos fazer. Se mamãe não aguentar, devemos vender o casarão de luxo e comprar uma propriedade para cada um de nós.

Em São Paulo, o tio de Paulo, Dr. António, compra um terreno de bom tamanho em uma boa localidade própria para o tipo de obra. Contrata uma construtora e constroi com rapidez. Paulo já está atuando em todas as áreas do hospital, colaborando com os médicos que ali atuam. Conhece todo procedimento, como dirigir um hospital, e já possui uma boa reserva.

— Precisa de ajuda para o hospital? — pergunta ao tio.

— Não, filho. Se você tem alguma sobra, compre mais um apartamento que lhe dá uma boa renda.

— Sim, vou comprar, mas não passo um dia sem pensar na minha Princesa Nina. Um dia vou buscá-la. — diz consigo mesmo.

Seu trabalho como cuidador e enfermeiro, agora já atuando como médico. No mesmo ano ainda se forma, ficando famoso como Dr. Paulo. Ele mesmo fica feliz com seu esforço.

— Quero agradecer a vocês que foram ao sepultamento de meu pai e me adotaram legalmente a ajuda para a faculdade. Agora já vou me formar. — diz aos tios.

— Você foi um bom aluno e merece e é um bom filho. Até já tem grande fama no hospital. — Dr. António responde.

Dr. António e sua esposa, Marta, ficam muito satisfeitos com Paulo por agradecer, pois viram nele sua educação.

— O hospital está quase pronto. — Dr. António diz à sua esposa, Marta.

— Eu ainda não vi. Será que você não construiu só uma clínica? — Marta diz.

— Vou lhe mostrar o projeto e depois te levarei à obra.

Quando Marta vê o projeto, percebe que é mesmo uma grande obra, com 40 leitos divididos em dez UTIs, dez enfermarias, 20 quartos comuns, uma enorme sala de cirurgias, três salas para laboratório e uma boa ala de entrada, ainda com lavanderia e cozinha moderna, com estacionamento para médicos e enfermarias.

— Que investimento! — Marta diz.

— Sim. — diz Dr. António. — Tudo vale para nosso filho que nos quer bem e merece.

— Só não sei com quem vai se casar, se for uma boa moça, vale a pena o investimento. — Marta complementa.

— Se ele encontrar a sua Princesa, deve ser bem educada. Eu vi o castelo onde morava, quando estive no velório de meu irmão. Deve mesmo ter uma educação de princesa. Não se preocupe com isso. Veja como se dedica com os pacientes e como começou como enfermeiro. Levei-o a acompanhar as cirurgias, as quais sempre foram um sucesso. O modo como atende no consultório é fantástico, por isso ele já é famoso no hospital. —Dr. António diz.

Enquanto isso, em Santa Catarina, Carlos e Nina estão com um sério problema com as despesas. Hartz agora falecido, sem reservas e Hilda ficando doente.

Foram ao cartório, ouvindo a história, os atendentes ficam emocionados e dizem:

— Vamos ajudar vocês.

Iniciam uma transferência para Carlos e Nina. A mãe concorda. Carlos corre a algumas agências para vender o carro da mãe e assim se manterem alguns dias ou até onde der.

A doença de Hilda aumentou e foi hospitalizada. Quando volta do hospital, não consegue superar a traição do marido. Isso foi demais e só se lembra das mentiras de empregado do governo:

— Porque nunca quis me dar explicações quando eu insistia.

Agora, Carlos e Nina já não estudam, ficam em casa o dia todo, e só uma empregada, Maria, que fica sem ganho, mas que diz a Carlos e Nina que, faltando comida, também teriam de ir embora. Por isso, ensinava Carlos a limpar o casarão. Como a situação estava ficando mais difícil, Maria, que trabalhava de graça só para ajudar, despede-se. Carlos e Nina têm que arcar com toda a responsabilidade.

Logo, Carlos teve que chamar a ambulância e Hilda foi novamente hospitalizada em um hospital público e simples. A doença se agrava. Nos dias seguintes, Carlos vai visitar a mãe. Ela já fala com dificuldades e pede desculpas a Carlos e Nina, por não ter os dado uma profissão.

— Mãe, não se preocupe. Vou cuidar bem de Nina e da casa. Nina já sabe fazer comida.

O médico chama Carlos e diz:

— Se aprontem que ela não suportará. Vamos tentar um novo tratamento.

No dia seguinte, Nina e Carlos vão juntos. A mãe ainda pôde abraçar Nina e a beijou na testa, dizendo com muita dificuldade:

— Te amo, filha.

Carlos também pegou em sua mão. Nesse instante, os enfermeiros vêm com a maca para buscá-la para os exames e se despedem.

Carlos fala com seus colegas que está precisando de um emprego, mas não recebeu nenhuma resposta. Dentro de dois dias, vai ver sua mãe que já está na UTI muito mal. Os enfermeiros dizem:

—Volte amanhã.

Chega em casa e conta à Nina:

— Se prepara para o pior, que até nossa comida está acabando. O dinheiro do carro já está no fim, resta só um pouquinho. Vamos passar fome.

Ele vai ao armazém onde sempre fazem as compras e começa a contar a situação ao comerciante.

— Você pode me dar um emprego só por alimentos? — pergunta o comerciante.

— Vou lhe dar uma cesta básica, e você pode começar a me limpar o armazém e repor as mercadorias. — diz o comerciante, vendo o desespero do moço.

— Quando começo? — Paulo pergunta.

— Amanhã cedo.

— Preciso ir ao hospital. Depois estou livre e já posso te ajudar.

— Venha na segunda-feira, hoje é sexta. Se você precisa de mais alguma coisa, vem que daremos um jeito. — o negociante diz.

O negociante gostou de Carlos.

Carlos chega em casa com uma cesta básica.

— Onde você arranjou isso? — pergunta Nina.

— Fui pedir para o senhor do armazém, onde nossas empregadas costumavam comprar. Vou ter que trabalhar por comida e não sei como cobrimos as outras despesas.

— Como caímos! — Nina diz.

— Sim, porém superamos. — completa Carlos.

No outro dia, quando voltam ao hospital, a médica os chama de lado e diz:

— A mãe de vocês não resistiu. Como ela estava em um plano funeral, já está sendo preparada. Vocês devem entrar em contato com o cemitério, mas primeiro com a funerária.

Quando chegaram à funerária, tamanha foi a surpresa com o plano completo.

— Mas precisamos comprar uma gaveta e não temos dinheiro.

Um senhor que ali se encontrava disse:

— Podem ficar com o meu. É de graça. Vou me mudar da cidade.

Carlos e Nina agradecem.

A funerária se encarregou da documentação e do restante, mesmo no domingo. Foi sepultada.

Carlos volta ao armazém já na manhã de segunda-feira e começa a varrer o armazém. O comerciante vê correr lágrimas dos olhos de Carlos e pergunta se aconteceu alguma coisa.

— Sim. — diz Carlos. — Minha mãe foi sepultada ontem e nós sem dinheiro, foi um senhor que ia se mudar para outra cidade que nos cedeu o seu túmulo que planejava vender. Como viu nossa situação, passou gratuitamente.

— Vocês estão realmente sem nada de dinheiro? — pergunta o comerciante.

— Sim. — responde Carlos, continuando a trabalhar.

Ele faz tudo com perfeição. À tarde, o comerciante lhe passa um envelope e diz:

— Este é um presente meu. Amanhã você só vem à tarde.

Carlos agradeceu. Ele conta à Nina e lhe dá o envelope. Ela verifica.

— Nossa! Dá para nós pagarmos a luz e água e ainda sobra. — diz ela.

— E mais, ele diz para eu ir trabalhar só à tarde amanhã. — fala Carlos.

Enquanto em São Paulo, o hospital está quase pronto. Na próxima semana já será a formatura de Paulo. Ele já começa para ser contratado para um horário no hospital, no qual já em seguida o aprovaram, um consultório para Paulo só pela manhã com bom salário, pois já é famoso e pensa em um consultório em outro horário no novo hospital, ainda faltando equipamentos, Enfermeiros, cozinheiras e faxineiras. Tudo levará mais dois meses.

Então, Paulo ainda pretende atuar e fazer plantão. Começa a se integrar com outros médicos que já o conhecem. Agora, com diploma na mão e já famoso, atua com toda firmeza e dedicação a seus clientes. Chegando em casa para jantar, Dr. António ainda não tinha chegado, e Dr. Paulo diz:

— Mãe, precisa de alguma coisa?

— Quase cai de emoção, pois sempre a chama de tia. — responde Marta. — Desde quando o adotamos, gostaria que a chamasse de mãe. — ela fica tão contente e responde à sua pergunta. — Não, filho.

— Porque ontem comecei a trabalhar verdadeiramente como médico e com diploma graças a vocês que me adotaram como filho.

Marta fica tão feliz mais que Paulo com o diploma.

Ele janta e logo volta ao hospital, dizendo à Marta:

— Vou fazer o plantão esta noite.

Quando Dr. António chega, Marta conta tudo:

— Ouvi pela primeira vez ele me chamando de mãe e não de tia.

— Eu estava na obra do novo hospital. Tem uma empresa que tem equipamentos, desde uma ressonância magnética e outros, e já implantamos o laboratório terceirizado. Temos o aluguel e porcentagem e os equipamentos cirúrgicos novos e modernos. — Dr. António diz. — O mais difícil é contratar profissionais. Também pedi para adaptar uma ala para maternidade, que também será terceirizada.

Quando o Dr. António conta ao Dr. Paulo, este fica feliz e pergunta:

— Precisa de alguma ajuda financeira?

— Não, mas precisamos de alguns profissionais, tal como da dermatologia e ginecologia, e você fica como clínico-geral e eu também. Estou na tua área e somos dois cirurgiões. Se você conhece alguns desses que se formarão com você.

— Sim, vou telefonar para alguns amigos.

Logo, o hospital começa a funcionar, mas Paulo não pode esquecer a Princesa, aquele rosto bonito, com seu sorriso:

— Lembro até do irmão.

No dia seguinte conta à mãe:

— Sonhei com a Princesa. Parecia que precisava de mim.

— Filho, tem tanta moça bonita aqui na cidade. — Marta diz.

— Não, mãe, nós fizemos um pacto que um espera o outro, aconteça o que acontecer. Eu tenho certeza de que ela vai gostar da senhora. Ela é do jeito que a senhora gosta. Mãe, a senhora vai ver o dia que eu a trazer, ela é linda.

Nesse tempo, em Santa Catarina, Carlos traz a comida e Nina cuida de cozinhar e limpar a casa. Tudo tinha mudado. Agora as coisas estão ficando difíceis.

— Pelo menos, não estamos passando fome. Não podemos ficar aqui. Vamos tratar de vender este casarão e compramos uma casa para você e um sítio para mim, já que estudei Agronomia. — diz Carlos.

— E dá para vender este casarão e comprar duas propriedades? — Nina diz.

— Sim. Aqui é quase centro. Vamos comprar nas periferias. — Carlos responde.

Logo, ambos saem à procura de um sítio. Encontram em uma imobiliária uma que já tem uma casa bem simples, com paios e chiqueiros e dois alqueires de terra. Ainda tem boa aguada. Foram ver a propriedade com a placa de "vende-se um imóvel", com uma casa antiga, paiol e galinheiro em alvenaria, terreno com aproximadamente de 15 lotes. Como o corretor estava com eles, já verificou o preço e valor dos dois imóveis.

No dia seguinte, Carlos vai trabalhar e pede que o corretor verifique e avalie o castelo. Nina vê que o valor do castelo dá para comprar os dois imóveis e ainda sobra uma boa quantia.

— Eu lhe darei um pouco mais e ficarei com uma menor quantia. — Carlos diz.

Nina e Carlos vão juntos novamente naquela imobiliária, pois devem vender rápido o castelo para não perder o negócio dos dois imóveis. O proprietário da imobiliária diz:

— Eu gostaria de ver melhor o castelo. Depois, lhe farei a resposta de como faremos.

Carlos mostra cada detalhe.

— Será que vale até mais? — pensa Carlos.

— Querem ver as propriedades? — pergunta o proprietário da imobiliária.

— Sim. — diz Carlos.

Quando chegaram ao sítio, viram o vizinho que também plantava. Carlos ficou interessado. Dirigem-se ao outro que tem mais de uma quadra da cidade, já de lado o terreno de grande valor.

— Mas a casa é velha e tem um galinheiro e um chiqueiro. — Nina diz. — Podia transformar esses dois em pequenas casas e alugar.

— Sim. — Carlos diz.

— Eu passo as duas propriedades de papel passado com as escrituras em nome de cada um e a diferença receberão em dinheiro na mão. Montaremos nossa imobiliária no castelo. — então o senhor da imobiliária diz.

Assim, fecharam negócio.

Carlos, já no domingo, vai ver a propriedade e bate na porta do primeiro vizinho. Que surpresa a de Carlos. Quase não soube o que dizer. Uma linda camponesa vem lhe atender.

— Eu vim conhecer os vizinhos. Eu comprei o sítio do lado de vocês. Gostaria de conhecer e ver o que poderia cultivar nesta terra. — diz Carlos.

Aquela mocinha chama seus pais. Ficam por um longo tempo conversando e, ao sair, Carlos ainda diz:

— Amanhã vou me mudar.

— Você tem quem te ajuda? — pergunta o vizinho.

— Não. Sou sozinho. Somos só eu e minha irmã, que comprou uma casa aqui nesta mesma rua, só que bem próximo à cidade. Como eu estava estudando Agronomia e tive que trancar a matrícula com a morte de minha mãe. — fala Carlos.

— Então, você vai morar sozinho? — pergunta mais uma vez o vizinho.

— Sim. Minha irmã também vai morar sozinha. — completa o jovem.

— O que você precisar, conte comigo. — o vizinho diz.

Carlos, com muita gentileza, despede-se. A mocinha ficou feliz e já sabe seu nome.

Quando Carlos chega em casa, logo diz à Nina o acontecido:

— Quando bato na porta, vem me atender uma linda moça do casal que tem o sítio ao lado. Não pude nem perguntar seu nome, só o nome dos pais dela, João e Lia.

Carlos e Nina agora repartem as coisas, o que Carlos leva e o que fica para Nina, e já começam a separar os móveis.

Carlos falou com um de seus amigos cujo pai tem um caminhão grande e que se prontificou a levar a mudança. Seus amigos de faculdade também o ajudam, levam primeiramente as coisas de Nina, à tarde, as coisas de Carlos. Eles agradecem àquele senhor do caminhão e aos que ajudam. Agora, arrumam tudo no lugar.

— Vou ficar com medo de ficar sozinha em casa. — Nina diz.

— Faz amizade com a vizinha do lado, parece ser de bom coração. — Carlos responde.

De fato, ela conversa com vizinha do lado que a atendeu muito bem, dizendo:

— O lugar é bom e sossegado. Só a vizinha da frente que é orgulhosa e fofoqueira. As demais vizinhas são bem unidas e alertas a qualquer desconfiança, unem-se. Você pode ficar sossegada.

Carlos logo faz amizade com os seus vizinhos, João e Lia, e já conversa com a filha sabendo seu nome, Luiza, e pergunta:

— Você tem namorado?

— Não, e você? — fala a jovem.

— Eu nunca tive namorada. Minha mãe era muito exigente e não nos deixava sair. Meu pai viajava muito, só vinha trazer o dinheiro e logo voltava. Ele sofreu um acidente e minha mãe descobriu que tinha outra família no Rio de Janeiro. Ele nem era funcionário do governo. Tinha uma fábrica no Rio de Janeiro. Logo que morreu, os acionistas ficaram com tudo e nós ficamos sem pagamento e nada do que tinha lá. Assim que a mãe faleceu, quase passamos fome morando num castelo, com três empregadas que tivemos que mandar embora, também trancamos nossas matrículas da faculdade e, por fim, vendemos o carro para comprar comida.

— Nossa! Tudo isso vocês tiveram que passar? — pergunta Luiza.

— Sim. — diz Carlos. — Agora vou plantar para arrecadar algo.

— Vou pedir para meu pai te ajudar com uma solução, pois ele vai uma vez por semana ao Ceasa e poderá levar seu produto. — fala Luiza.

— Tudo bem. Eu aceito de bom gosto.

No dia seguinte, o senhor João vem e vê que Carlos já tem vários canteiros enormes preparados em um bom lugar coberto, onde prepara mudas de qualidade, dizendo a ele:

— Nossa! Você tem coragem de enfrentar o sítio?

Carlos diz seu plano para João, que vai plantar árvores de frutas em uma parte do sítio próximo às águas e que fruticultura será um bom negócio.

— É um pouco demorado, mas quando produz tem boa aceitação e leiteria também, é bom negócio que só dá renda. — João diz. — Esses canteiros são para repolho e alface e cenouras, que dão um pequeno rendimento rápido. Eu vou duas vezes ao Ceasa. Posso levar suas primeiras colheitas e ver como os produtos orgânicos têm preferência.

Carlos fica feliz e convida João para entrar e mostra o escritório, já faz um cafezinho, deixando João ainda mais feliz.

Nina começa a consertar o portão e o muro para sua segurança e vê que a casa quase não tem conserto, é muito velha. Como o paiol grande e um galinheiro que havia uma granja estão em ótimo estado, só precisa de segurança. Já ganhou até um cachorro que cuida da casa. Ela conta para Carlos quanto gastou para segurança e dos muros.

— Cuida para ter comida. — Carlos diz, logo voltando para casa.

Logo, encontra Luiza, param e conversam.

— Então, desde a primeira vez que te vi, senti e vi você tão bonita. Gosto muito de falar com você. — confessa Carlos.

— Eu também gostei de você desde a primeira vez que te vi. — Luiza diz.

— Quer ser minha namorada? — pergunta o jovem.

— Sim. Você será meu primeiro namorado. — Luiza fala.

— Você também será minha primeira namorada. Amanhã é sábado, posso ir à sua casa e falar com seus pais para pedir para nós namorarmos.

— Sim. Às dezoito horas.

— Tá bem.

Carlos lhe dá um abraço e vai para casa. Luiza conta para sua mãe que a mãe logo mata um frango e prepara um bom jantar. À noite, Carlos chega na hora marcada e já é bem recebido pelo pai de Luiza:

— Eu gostaria pedir permissão de namorar com sua filha.

— Se for sério, sim. — diz João.

— Seja bem-vindo à nossa família. — Lia também fala.

Convidam-no para jantar.

— Pode vir no sábado à noite. No domingo, nosso costume é ir à missa. — João diz.

— Que bom! Faz tanto tempo que não vou à missa. — Carlos aceita.

— Pode ir conosco. Temos um carro já velhinho. — Lia diz.

— Tudo bem. Minha irmã não sabe como viver e o que fazer, pois está até aborrecida. Tocava um pouco de piano e sanfona, mas pensei em quando o dinheiro acabar. — conta Carlos.

Que surpresa Nina teve quando seu irmão veio visitá-la com sua namorada, Luiza.

— O que vou fazer? — pergunta Nina.

— Nina está esperando seu namorado que ficou órfão e prometeu buscá-la, mas parece que esqueceu e ela nunca perde a esperança. Sonha com ele. Fizeram um pacto de um esperar pelo outro, mas já faz tanto tempo e nada. — fala Carlos. — Olha, minha irmã, se você se ver em apuros, venda um lote lá dos fundos.

— Vamos ver como as coisas vão ser. Vou fazer o possível para não precisar vender nada. — completa a irmã.

— Ela foi criada como uma princesa naquele castelo e agora não tem profissão, não pode nem pagar empregada e não sabe fazer nada. — diz Carlos à namorada.

Na volta para casa, Luiza conta para sua mãe tudo sobre a irmã de Carlos:

— É linda e foi criada em um palácio como princesa. Carlos disse que domingo passamos em frente onde moravam no castelo, que está sendo transformado numa imobiliária.

A mãe Luiza fica admirada da história de Carlos e Nina e diz:

— É um exemplo viver no luxo e depois na pobreza. É triste que nem pode pagar uma empregada. Como vai viver? A sorte é que Carlos estudou Agronomia e agora comprou um sítio, logo começa a produzir com um pouco de dinheiro que ainda tem e que dá para o manter ainda por um tempo.

— Ele até já encomendou cem mudas de abacate, ameixas, pêssego e outras, mas a alface já está a ponto de colher. Meu pai já vai lhe levar dez caixas e diz que é só para se manter. O repolho também já logo a colher. Fico feliz e contente ao vê-lo contente de seu trabalho. Ele até quer implantar um laboratório para examinar a terra e a água. Me falou que logo podemos noivar e me pediu uma data.

— Nossa! Tão depressa? — diz a mãe.

— Viver sozinho deve ser muito triste. Vi que sua irmã é muito bonita, mas é triste. Precisamos fazer nosso futuro juntos. Não quero receber tudo pronto, quero participar e vou cuidar de tudo. — Luiza responde.

— Filha, pense bem.

— Eu já sei que gosta de mim e temos os mesmos pensamentos, plantações, animais e árvores de frutas. Não é lindo, mãe?

— Sim, filha, tem razão. Tudo vai ocorrer bem para vocês dois. Pode escolher um domingo, vamos fazer um almoço. Convida a irmã de Carlos para o almoço e café.

Nina foi convidada e vai no domingo no noivado do irmão. Foi muito lindo, Carlos fez um pequeno discurso:

— Este compromisso é sério. Em breve, casar-nos-emos.

Nina conversa bastante com a mãe de Luiza e conta de seu namorado que não soube mais nada, mas sonha quase todas as noites e que durante o dia só fica pensando em Paulo.

Paulo trabalha muito, já está formado e é o famoso médico Dr. Paulo, faz horário em seu hospital e cirurgias. Dr. António, seu tio-pai, acompanha-o nos transplantes e cirurgias complicadas. Dr. Paulo, já com uma boa economia, diz a Dr. António:

— Tenho quatro apartamentos. Com a economia que tenho, vou mandar construir um castelo igual a onde mora minha namorada. Depois vou buscá-la.

Dr. António ri e diz:

— Se ela já não estiver casada.

— É quase impossível. Eu sonho com ela, ela está me esperando. Ela é uma princesa e vai combinar bem com a mãe Marta. Um dia conversei com o arquiteto que projetou o hospital, ele fará o projeto. — Paulo diz.

Ele começa o planejamento do castelo, mas a vida de médico é muito corrida, porém rendosa. Os transplantes e cirurgias quase todos os convênios vêm para o hospital deles. Estão bem instalados em todas as áreas de cirurgias.

Dr. Paulo procura uma boa área para comprar e que seja perto da casa de Dr. António e Marta, seus pais adotivos. Encontra uma boa área, quase três lotes, e compra. Imediatamente, consulta arquitetos e engenheiros que fazem alguns desenhos de castelo, mansão e casarão e nada igual ao castelo. Agora, Dr. Paulo diz:

— Vou fazer um pequeno rascunho para verem e chegarem à proximidade de um formato do castelo de minha princesa Nina.

À noite, faz uma oração para que ela ainda esteja o esperando. Logo que adormece, sonha de novo que ela está o esperando e precisa dele.

Enquanto em Santa Catarina, Carlos tinha noivado e agora já se prepara para o casamento. A plantação de Carlos já está a todo vapor, produzindo. Sempre leva algo para sua irmã, Nina. Ela tem uma vizinha de frente que só a critica e faz deboches de todo tipo. Os vizinhos de lado dizem que ela é assim mesmo.

As coisas para Nina ficam difíceis, até na comida, mas logo aparece uma catadora de recicláveis chamada Rita, que mais parecia uma mendiga. Ela pede à Nina para alugar o galinheiro e o paiol, pois pagaria bem. Nina não pensou duas vezes, a situação já estava apertando e diz:

— Quanto você me paga?

Quando ela falou a quantia, logo aceitou. Era mais do que pensava.

— Juntar essas coisas dá dinheiro. Ninguém imagina. As pessoas jogam fora coisas boas. — pensa Nina.

Ela começa a trazer todas as coisas em um caminhão e vem e leva e paga bem. Nina anda diz a seu irmão:

— Pelo menos, tenho dinheiro para fazer compras.

— As verduras eu trago para você. — diz o irmão.

Carlos vê a mendiga trazer sacos cheios em um carinho e vê que é honesta e organizada, separando cada coisa e fala à irmã:

— Veja, ela é bem-organizada. Mas eu vim aqui hoje para te convidar para meu casamento.

Nina fica feliz.

A mendiga ajuda Nina a se arrumar como uma princesa. Ficou tão linda que seu irmão perguntou:

— Você esqueceu Paulo?

Ela ri.

— Ainda esta noite sonhei que ele veio me buscar. — diz ela.

— Já passou tanto tempo. Como vai nos encontrar? — Carlos pergunta.

— Eu deixei nosso endereço com um funcionário do proprietário do sítio que era do pai de Paulo. — ela responde.

— Muito bem. — finaliza o irmão.

Agora, Carlos estava menos preocupado com sua irmã, pelo menos agora ela ganha para comida e tem companhia.

Quando Carlos sai da casa de sua irmã, a vizinha da frente fofoqueira diz:

— Agora tem duas mendigas para trazer verduras. Essa casa é mal-assombrada. Outro dia vi sair dessa casa uma princesa.

Carlos não responde, somente riu muito.

O casamento de Carlos e Luiza aconteceu na igreja e no civil. Nina estava linda vestida de princesa. Todo o povo a olha.

Carlos repara tudo, pois tinha prometido à sua mãe, agora falecida, que cuidaria de sua irmã em todos os momentos e tudo estava bem. O sogro de Carlos, o senhor João, compra um caminhão maior para levar sua mercadoria e a de seu genro. Tudo está se encaminhando. As árvores frutíferas já começam a dar frutos, como o abacate, que é de crescimento rápido. Carlos começa a preparar galpões para vacas e um berçário para bezerros. Ele até ganhou uma bezerrinha do sogro, que disse ao genro:

— Carlos, olha estou aprendendo com você tanta coisa, como preparar os canteiros, o aproveitamento dos restos para reciclagem em forma de adubo e plano de irrigação e aproveitamento da água.

Do sítio de Carlos a água já começa a correr entre as árvores frutíferas que já estão dando boa renda e os legumes de boa qualidade. Carlos já pensa em um trator grande e moderno e um pequeno caminhão, já que seus produtos estão ficando famosos no Ceasa. O primeiro filho de Carlos e Luiza está para nascer. A irmã de Carlos está empenhada com a mendiga catadora de recicláveis, latinhas, papelão e outros, colecionando ferro e tudo que encontra. Nina ganha o aluguel sempre em dia marcado e até, muitas vezes, vai junto para ver como consegue tantas coisas, até já não se lembra tanto de Paulo, seu namorado do colégio e do pacto que fez. Rita ensina Nina como pedir:

— Não pode ir bem arrumada e deve estar um pouco descabelada.

Nina riu.

— Sujas. Não podemos ser doutores para mendigar e as pessoas me dão dinheiro e eu aceito. Logo vou comprar uma camionete, para juntar recicláveis. — continua Rita.

Carlos traz para Nina frutas, verduras e leite. Já com quatro vacas leiteiras e cinco bezerros, o sítio está ficando rendoso. Ele começa a pegar fama. Tem tudo organizado e até chuveiro para vacas. Ele mesmo produz a forragem e a ração. Já pensa em terceirizar os legumes e hortaliças, assim ganhará tempo para fruticultura e leiteria. Carlos fala com seu sogro o plano de terceirizar aquela pequena área de horta. Ele sabe bem o lucro, por isso pede alto preço, e o sogro diz:

— É um bom negócio até para quem aluga e arrenda.

Logo que fala com alguns moços daquela periferia, um jovem de 18 anos se interessa e arrenda os canteiros que ficam um pouco afastados de Carlos. O jovem começa a fazer uma cobertura para sementeira e berçário de mudas. Como já possui uma camionete, ele prepara uma mudança do berçário de mudas próximo ao plantio dentro da área arrendada e já começa a vender o que já está em produção dos canteiros.

Carlos fala com a sua esposa:

— Fizemos um bom negócio, ganhamos verduras e legumes para nós e para minha irmã.

Luzia fica contente.

— Agora, vou cuidar mais da fruticultura, da leiteria e da nossa filha e terei mais tempo para você, minha querida Luiza. — continua ele.

— Quero ter mais dois filhos. — Luiza diz.

— Sim. Você é filha única e não quer que isso aconteça. Crianças gostam de brincar e estar sozinhas é triste. — fala Carlos. — É linda uma casa com crianças.

Carlos leva leite para irmã e vizinha de frente diz:

— As duas mendigas foram catar lixo. Você não toma providências?

— Não. Você é que devia ajudá-las, seriam três, é mais rendoso. — Carlos responde.

A vizinha saiu sem resposta.

Carlos deixa as coisas no lugar e sai pensando:

— Uma princesa. Se Nina estivesse formada, poderia atuar na profissão, mas está gostando da amiga Rita e diz que estão arrecadando uma boa quantia. Nina diz que até já tem uma pequena economia.

Nina, a princesa, sai com Rita, a mendiga, todos os dias percorrendo a cidade e já ficam conhecidas em todos os estabelecimentos comerciais, que já guardam as coisas descartáveis para elas. Nina até já se esqueceu do luxo que tinha, já estava trajada como Rita.

Mas às vezes se trajava como princesa, roupas, sapatos que ainda tinha e a vizinha de frente se assustava e dizia às outras vizinhas:

— Eu sabia que havia um fantasma naquela casa. Ainda ontem vi uma linda princesa andando pelo jardim deles. Eu sabia. Já outras vezes vi.

— Está ficando biruta de tanto fofocar e fica só de olho. — as outras amigas daquela fofoqueira pensam.

— Algumas vezes escuto toque de piano e de sanfona. Pode ser uma reunião de fantasmas. Onde já se viu mendigas tocarem piano numa casa tão velha, quase caindo? — continua a fofoqueira.

— Está doida de tanto observar as duas mendigas. — finalizam as suas amigas.

Nina e Rita nem ligam para os comentários e ainda dizem:

— Pelo menos alguém nos observa.

Elas continuam a catar muitas coisas nas ruas, vendem tudo, repartem e fazem suas refeições, comem sempre juntas. Todos os dias as duas saem. Elas já são conhecidas em toda cidade e em cada canto. Todos já as querem muito bem. Nina tem uma educação de Princesa com fala macia, todos a admiram como catadora. Tem até um computador ainda funcionando, no qual Nina que já tinha aprendido a lidar na faculdade. Lá, estudava Administração de Empresas. Um dia Nina bate em uma casa que às vezes juntava algumas coisas do lixo deles e pergunta:

— Vocês podem guardar as coisas recicláveis para mim?

Ela escuta um menino dizendo:

— Mãe, meu computador emperrou. Não sei o que foi.

— Posso ver? — pergunta Nina.

Ele a levou para ver. Ela mexeu, deixando-o funcionando perfeitamente. Todos da casa se admiram e ficam dizendo:

— Como uma mendiga entende de computador? Onde você aprendeu a lidar com computador?

— Na faculdade. — Nina responde.

A curiosidade foi ainda maior. Então começam a atender melhor as mendigas e separam muitas coisas para elas.

Enquanto isso na casa de Carlos, nasce o segundo filho. Carlos e Luiza estão tão felizes, pois tudo está dando certo. A fruticultura e a leiteria dando boa renda. Todos os dias deixa leite, verduras e frutas na casa de sua irmã. Os vizinhos das mendigas o observam. A fofoqueira já comentava quando as duas chegavam e já vê que o irmão estava lá.

Na semana seguinte, vem um forte temporal, com muito vento. Estavam tomando café. Nina sai e vai acudir uns papelão e Rita fica na casa. Num momento, vem um vento ainda mais forte e a casa, que já era velha, vem abaixo e cai. Rita ficou lá dentro.

Quando passou o temporal, Nina chama por Rita e nada. Tudo estava destruído e nada de Rita responder. Nina foi tirando as madeiras, os vizinhos do lado ajudaram.

— Rita estava aqui dentro e eu vim acudir algumas coisas que não podiam molhar. — Nina diz.

Vasculham e encontram Rita, aparentemente já sem vida.

Imediatamente chamam a ambulância e levam Rita. Logo, sabem da notícia que já estava morta. Tinha caído uma madeira pesada em cima dela.

— O que vou fazer agora? — lamenta Nina.

Ainda, os vizinhos acharam algumas coisas e pouco do material da casa, ampliaram uma peça do paiol que era de alvenaria e acudiram alguns móveis. Nina ficou morando naquele paiol. Ela começa a verificar se encontra alguém parente de Rita, mas nada encontra. Rita de pertences só material reciclável e uma pequena quantia em dinheiro que deu só para pagar a funerária.

— Agora, o que vou fazer? — Nina pensa.

Nos dias seguintes, começa procurar os lugares que costumava juntar produtos recicláveis, muito aborrecida sozinha. Todos perguntam onde está a companheira. Tinha que contar o acontecido. Alguns até pensavam:

— Será que ela é uma mendiga mesmo? Pois fala tão bem.

Carlos pediu para que ela fosse morar com ele.

— Meu destino é este. Devo seguir. — ela diz.

— Ainda se lembra de Paulo? — Carlos ainda pergunta.

— Sim. Sonho todas as noites com ele. Uma noite dessas sonhei que veio me buscar e não mais me encontrou, estava com pressa e não pode ficar. — responde Nina.

— Precisamos comunicar novamente nosso endereço lá no sítio que era do pai dele. — Carlos diz.

— Sim, é preciso. — completa ela.

— Mas vim para conversar com você. Se não quiser morar comigo, vou arrumar um pessoal para melhorar sua morada, pelo menos portas e janelas, para que se pareça como uma casa. — fala o irmão.

— Mas minhas economias são poucas. — Nina concorda e Nina diz.

— Minha irmã, você é uma princesa e não uma mendiga. — Carlos ri e diz.

— Já estou acostumada e todos da cidade já me conhecem bem. Só essa fofoqueira aí da frente que é má. Nesses dias, ela até me disse que uma bruxa soprou e derrubou a minha casa, mas nem faço mais conta. Ela trata mal todos vizinhos. — fala ela.

— Um dia ela também me falou que a casa era assombrada e disse que aqui morava duas mendigas e que viu andando pelo jardim uma linda princesa. — diz Carlos rindo.

Nina também ri da situação.

Ela percorre a cidade. Todos gostam dela e separam as coisas recicláveis para ela. Às vezes, ficam conversando com ela, pois tem boa postura, é bem educada, jovem e bonita. Só um pouco mal arrumada para ser uma mendiga, como aprendeu com Rita.

Paulo já está com o castelo em São Paulo pronto. Começa a mobiliar e compra mais um apartamento. Agora, ele fala:

— Mãe, eu tenho cinco apartamentos bons e parte no hospital. Gostaria de tirar umas férias e buscar minha princesa. Pode ser que ela já esteja casada. Sei que vou ficar triste, mas preciso de uns dias para procurar lá. A cidade mudou muito já fui duas vezes e não mais encontrei o lugar.

— Vai falar com teu pai, António. Ele achará uma solução. — sua mãe adotiva fala.

— Sim mãe. — diz Dr. Paulo. — Comprei um carro novo de boa marca e convencível.

Logo nos dias seguintes, seu pai adotivo diz:

— Temos três cirurgias importantes marcadas e um transplante de fígado. Após, você tira umas férias merecidas, pois lutamos muito. Lembra quando você fazia curso de enfermeiro técnico e após fez faculdade?

— Sim, pai, até parece que foi ontem. Quando eu tirar férias, vou ver se ainda encontro minha princesa me esperando. Se tiver casada, a culpa é minha que não fui buscá-la. Vou rezar no túmulo de meus pais e ver se tem algo a pagar no cemitério.

— Muito bem.

Dr. Paulo termina seu compromisso no hospital e contrata outro cirurgião para atuar junto ao Dr. António, seu tio-pai, e começa arrumar suas coisas para uma viagem de férias. Abastece seu carro e se despede, dizendo:

— Mãe, eu te ligo, se a encontrar.

A mãe fica feliz com seu filho adotivo, agora um famoso médico.

Ainda era bem cedo quando saí, pois calculava chegar a Santa Catarina naquela cidade só à tardinha. O carro era novo, tudo ocorreu bem. Só fez uma parada para um lanche. Chega quase às cinco horas da tarde. Já com fome, para em uma churrascaria bem na entrada da cidade. Entra no estacionamento, para o carro quase na porta dos fundos da churrascaria e ali havia uma caçamba e uma mendiga, juntando algo reciclável, que tinha já completado o dia, só conseguiu algumas coisas naquele dia.

Dr. Paulo a vê, é jovem catadora, e pensa:

— Ela deve conhecer bem a cidade.

Sai do carro e a ajuda a catar algo da caçamba e diz:

— Você conhece bem a cidade?

— Sim. — diz ela, como era bem educada.

Então, Dr. Paulo se apresenta dizendo:

— Eu venho de São Paulo a procura de uma pessoa e já vim duas vezes e não a encontrei. Será que você poderia ir comigo amanhã?

— Sim. — ela diz.

Então, Dr. Paulo ainda a convida:

— Você quer jantar comigo? Eu viajei o dia inteiro e estou com fome.

— Sim. Nunca ninguém me convidou para comer em um restaurante. — ela diz.

Os garçons ficaram observando e começam um perguntando ao outro:

— O que ele quer com a mendiga que vem todos os dias aqui?

Um dos garçons estava com seu filho doente e precisava das gorjetas para comprar o remédio. Quando Dr. Paulo com a mendiga pedem algo, um churrasco para cada, um dos garçons, o primeiro, não queria atender, então vem aquele que tem o filho doente e atende muito bem. Prepara uma mesa mais no fundo e já decora a mesa e diz:

— Querem dois filés grelhados e saladas? Tem também bifes com vários pratos.

— Está bem ou você quer outra coisa? — Dr. Paulo pergunta à mendiga.

— Está bem igual. — responde ela.

Foram bem atendidos.

E Paulo pede ainda duas sobremesas e pergunta para mendiga

— Você conhece um hotel onde posso me hospedar?

— Sim, fica no caminho que vou para casa, então vai comigo, assim amanhã já sabe onde me encontrar.

— Sim. — ele diz.

Quando saem, Dr. Paulo deixa uma gorjeta debaixo do prato, pede a conta e paga. Ele põe a bagagem da mendiga no porta-malas e sai. O garçom acha a gorjeta debaixo do prato:

— É isto que eu precisava para comprar o remédio.

Ele ainda queria agradecer, mas os dois já foram. O outro garçom fica com ciúmes e diz:

— Eu estava na vez. Só não quis atender uma mendiga que era para você.

O patrão ouviu a conversa e ficou curioso, pensando:

— Quem é aquela mendiga?

Quando chegaram naquele hotel, a mendiga era conhecida e sempre guardavam alguma coisa para ela.

— Hoje, vim trazer um hóspede. — diz ela.

Dr. Paulo diz para mendiga:

— Amanhã, saímos às sete horas da manhã. Toma café aqui comigo.

— Estarei aqui. — responde ela.

Dr. Paulo se apresenta à dona do hotel e diz:

— Vim de São Paulo. Sou médico.

Apresenta os documentos, paga uma diária e vai para seu quarto.

A dona do hotel diz à cozinheira:

— Como pode um médico jantar com uma mendiga?

— Você conhece a mendiga e o porquê está nessa situação? — a cozinheira diz.

Ela nem deu resposta.

No outro dia bem cedo, a mendiga já estava lá, pois quase nem dormiu, à noite só pensando:

— A quem está procurando? Será que não vou me meter em encrenca ou vem cobrar uma conta? Quem será que procura?

— Vamos tomar café? — Dr. Paulo a convida.

Sentam-se e ainda na mesa Dr. Paulo diz:

— Você conhece o bairro do colégio Amaral?

— Sim, estudei lá.

— Então, vamos primeiro àquele bairro. — antes de sair, o Dr. Paulo diz — Que horas vocês tem janta? — e pagou outra diária. — E jantar para dois, almoço quem sabe em algum bairro.

Vão e logo passam pela escola. Depois diz:

— Vamos a um sítio que era de meu pai.

Logo foram.

— Onde está um castelo que havia aqui? — Dr. Paulo diz.

A mendiga Nina já quase desmaia. Ele, como médico, já nota e diz:

— Você está bem?

— Sim. — diz ela, mas pálida, começa a tremer. — Você conhece esse castelo?

— Sim. — diz Dr. Paulo. — A pessoa que procuro mora nesse castelo.

Ela desmaia. Dr. Paulo já pensa:

— Ela é bonita. O que há de errado com ela?

Dr. Paulo a anima e para o carro ali. Quando ela melhora um pouco, ele pergunta:

— O que foi?

— Eu e meu irmão morávamos nesse castelo e tivemos que vender.

Dr. Paulo também parecia quase desmaiar. Naquela hora, ficou branco. Logo, pergunta:

— Como é o seu nome?

— Nina. — ela diz.

— Não acredito. Eu sou Paulo. Eu já vim duas vezes e não te achei.

— Estou sempre te esperando e sonho todos os dias com você. — ela diz.

Paulo a abraça e diz

— Eu também sonho com você ultimamente, até pensei "será que não está casada?". Demorei muito para te buscar. Agora decidi tirar férias e te encontrar. Não vou te deixar mais.

Começaram a chorar juntos de alegria.

— Tenho tanta coisa a lhe dizer. — diz Nina.

— Eu também. — diz Paulo. — Um dia não basta para te dizer tudo. Então, você é minha princesa que encontrei. Isso não é casualidade. Deve ter mistério, pois, quando te vi na caçamba, ainda no carro me deu um branco, pensei "como é bonita". Aí desci e fui falar com você. Veja como são as coisas. Um encontro casual. Me diga sobre teu irmão, Nina.

— Carlos casou e tem dois lindos filhos.

— Você teve alguém nesse tempo? — pergunta ele.

— Nem pensar. — diz Nina. — Eu só esperava por você. Não se lembra do pacto que fizemos?

— Sim. — diz Paulo. — Onde você mora?

— Em um barraco, pois a casa que comprei era velha e um temporal fez com que caísse. Meu irmão queria que eu fosse morar com ele. Eu não quis, vou cuidar de minhas coisas e meu terreno. — Nina diz.

— Agora, vamos ver onde era o castelo e ao sítio que era de meu pai, mas antes quero te dar um abraço. — Paulo fala.

Dr. Paulo a abraçou e abaixou e diz

— Quer casar comigo?

— Sim. — diz Nina e abraça Dr. Paulo e Paulo diz

— Nunca mais vou te deixar.

Eles vão aonde era o castelo e passam pelo sítio. Percebem como tudo mudou e vão almoçar naquela churrascaria. Logo, vem o garçom e agradece a gorjeta do dia anterior, dizendo:

— Era o que eu precisava para comprar remédio para meu filho, que está doente.

Dr. Paulo pergunta

— Está melhor?

— Quando sai, ainda estava com febre.

— Posso vê-lo? Sou médico e tenho um hospital em São Paulo. Só vim buscar minha princesa Nina.

— Princesa? — o garçom pergunta.

— Sim, já morava em um palácio e agora vai morar novamente num palácio.

O garçom fica sem jeito

— Vocês vão almoçar. Depois, eu tiro um tempo e vamos ver o menino.

— Sim, vamos, não é, Nina? — Dr. Paulo diz.

— Sim. — ela responde.

Dessa vez, pedem espeto corrido e logo a sobremesa. Dr. Paulo pediu a conta e diz

— Vamos, minha princesa.

O patrão escuta a conversa e fica ainda mais curioso.

Os três vão ver o menino.

— Não está bem. — a mãe da criança logo diz.

— Ele é médico já vai ver. — ele responde.

— Esse remédio não é para esta doença. Deixa que eu e a princesa vamos a uma farmácia e compramos o remédio. Amanhã, ficará bem melhor. Com três dias, o menino fica curado e jogará bola.

Quando saem para ir a uma farmácia ela diz ao marido

— Ele chamou a mendiga de princesa.

— Sim e ela já morava em um palácio, disse o médico, e ela vai morar novamente em um palácio.

— Nossa!

E diz para mãe do menino:

— Ele tem um hospital em São Paulo.

Logo voltam. Dr. Paulo já aplica uma injeção, dá o remédio ao menino e diz:

— Tem que dar o remédio de duas em duas horas. Amanhã cedo, quero vê-lo brincando. Eu ainda quero ver onde minha princesa está morando. Já temos o jantar no hotel, vou ficar por uns dias aqui em Santa Catarina. Quando eu era criança morava aqui e conhecia o palácio da princesa. Só que a mãe dela não me deixava entrar. Só nos contentamos em namorar no colégio, na hora do recreio, não é, Nina?

— Sim. — responde ela.

— Temos um pouco de pressa. Ainda temos muito para conversar. Amanhã virei ver o menino. — Dr. Paulo diz.

O garçom volta a trabalhar e pensa que precisa pagar o médico. Quando volta, o menino já está bem melhor e diz:

— Esse médico é mesmo entendido e já viu que aquele remédio que comprei não o curaria. Ele comprou com seu dinheiro.

Já à tarde, Dr. Paulo diz à Nina:

— Vamos ver onde você mora. Amanhã vamos ver o menino e depois vamos à casa de teu irmão. Ainda hoje, vamos comprar uns presentes para as crianças do teu irmão e uma bola para o menino.

— Não vá se assustar do barraco onde moro. — Nina diz.

— Lembra, eu era pobre e você uma princesa. — Dr. Paulo responde.

Eles vão à casa de Nina. Ela abre o portão e Dr. Paulo entra com o carro de luxo. Quando sai do carro, abraça Nina e a beija. A fofoqueira só de olho e diz:

— Teu irmão perguntou de você. Vejo que a mendiga arrumou um namorado.

— Deixe que eu responda. — Dr. Paulo diz à Nina. — Nós já éramos namorados e agora vim para buscar a minha princesa. Vou ficar uns dias e vamos nos casar. Até o palácio em São Paulo já está pronto. Antes de irmos embora, vamos nos despedir da senhora.

A fofoqueira fica espantada.

Paulo, abraçando Nina, diz:

— O lugar é bonito e valoroso. Você tem mais de uma quadra.

Quando entrou no barraco, Dr. Paulo completa:

— Você quer ficar comigo no hotel ou você quer que eu fique aqui com você? Não quero te deixar mais.

— Aqui nem tem chuveiro. — Nina ri.

— Tem uma banheira que já vi. Cabe dois. — Dr. Paulo responde.

Nina solta uma gargalhada.

— Vou dormir na rede. Quando estava no sítio, sempre quis uma rede, e você tem duas. Vamos parar numa loja. Vou comprar um travesseiro e um cobertor e vou ficar com você, porque tenho muito que conversar e posso até dormir no carro. — diz ele.

— Tudo bem. — responde ela.

Eles vão às compras. Na primeira loja, compram dois travesseiros, um cobertor grande, brinquedos para as crianças do irmão de Nina, uma bola para aquele garoto doente e uns doces. Vão ao hotel jantar, e diz para dona do hotel

— Vou morar no barraco de minha princesa, como descobri que era ela a pessoa que estava procurando. É minha namorada desde o colégio. Eu não sabia até quando chegamos próximo ao palácio onde ela morava, fomos descobrir quando ela disse que era lá que morava. Eu perguntei seu nome e ela disse Nina, a princesa. Quase desmaiei e, quando perguntou meu nome, respondi "sou teu Paulo, que morava naquele sítio". Então, ambos ficamos mudos. Nós estávamos no colégio onde fizemos um pacto que um esperaria o outro e que nada nos ia impedir. Já vim duas vezes e não a encontrei. Eu me formei médico e tenho um hospital. Construí um castelo igual ao que ela morava, onde hoje é um imobiliária.

A dona do hotel fica espantada, pois conhecia as duas mendigas e ajudava e diz à Nina:

— Você também pode ficar aqui hospedada.

— Quero que desfrute um pouco do meu braço, porque demorou tanto para me buscar. — Nina responde.

Todos tiveram que rir.

— E sei que é um bom médico. Aquele menino que curou é do meu primo e agora está brincando. Já vieram me contar sobre o médico da mendiga. — fala a dona do hotel.

— Amanhã, vou visitá-lo. Já comprei uma bola para ele e uns doces. Depois, vamos visitar o irmão dela, que tem duas crianças. Logo, vamos nos casar. — fala ele. — Ah, sim, que horas tem café? Nós vamos amanhã tomar café aqui. Hoje à noite temos muito a conversar.

Assim, vão ao barraco já quase noite e já escurecendo, encostando o carro bem perto da porta. Nina já vê um café.

O irmão de Nina passa e está com pressa, mas vê um carro de luxo bem na porta do barraco. Quando chega em casa, conta à Luiza que há dias não vê a sua irmã e agora à noite tinha um carro de luxo em sua porta.

— Será que Paulo voltou ou tem um namorado? É um carro de valor alto. Quem será que é? — diz Carlos.

— Logo saberemos. — Luiza diz.

Aquela foi uma noite maravilhosa, até para a dona do hotel e o proprietário da churrascaria, que também conheciam as duas mendigas.

Dr. Paulo e Nina conversaram e até a fofoqueira ficou a noite inteira espiando.

Carlos passa cedo na casa da irmã, e a fofoqueira logo diz:

— É namorado dela, é médico e veio buscar a princesa.

— Então, ele voltou. — Carlos fica alegre e diz.

Ele foi entregar o leite. Quando volta, conta para Luiza:

— Acho que é Paulo que voltou.

Quando Paulo e Nina chegam à casa do garçom, já vem o menino correndo.

— Vem. — diz Paulo, levando o menino até o carro.

Ele entrega o presente à criança que fica feliz e chama a mãe, que logo vê o médico e diz:

— Viu, já sarou e estava tão mal.

O médico diz para mãe

— Dê o remédio por mais um dia e depois pare, mas observe como se comporta. A qualquer sinal, volta a dar o remédio por dois dias.

— Encontraram a pessoa que procuravam? — a mãe do menino pergunta.

— Sim. — diz Dr. Paulo. — Por incrível, era ela a princesa que morava no castelo onde hoje é uma imobiliária. Éramos namorados ainda criança.

— Nossa. — diz a mãe do menino.

— Vamos nos casar logo e a levarei. — Paulo diz.

— Mas virão mais vezes ver o menino? — ela diz.

e Paulo diz

— Sim, enquanto estamos aqui. Já são nove horas. Agora vamos ver teu irmão. — diz Paulo à Nina. — Vocês estão precisando de alguma coisa? Estou aqui para ajudar.

A mãe da criança agradece, dizendo:

— Mas venham.

— Dentro de três dias, quero ver o menino. — completa o médico.

Eles se despedem e vão direto à casa de Carlos. Lá chegando, já entregam os presentes e chamam a mãe e ela já vê Paulo, que estava com sua camisa Dr. Paulo, e se apresenta

— Sou Luiza, esposa de Carlos.

— Sou Paulo, namorado de Nina. Somos namorados desde a escola.

— Carlos já vem.

— Me conhece? — pergunta Paulo a Carlos.

— Está escrito na tua camisa. Que tal, doutor! Vamos entrar. Desculpe a bagunça pois estamos no sítio.

— Pois faz-me lembrar e pensar no sítio do meu pai. Já paramos lá e está tudo tão diferente. O castelo agora é uma imobiliária. Eu nunca ia encontrar vocês, se não tivesse naquela churrascaria uma mendiga, catando coisas na caçamba do lixo. — Paulo diz. — Eu a vi e não conheci, mas pensei "ela deve conhecer a cidade toda" e pedi que poderia ser meu guia. Disse a ela "estou procurando uma pessoa", e ela aceitou. Já era tarde, pedi que jantasse comigo na churrascaria, depois ela me indicou um hotel. Assim foi combinado para outro dia bem cedo. Ela foi e tomamos café juntos, saímos e, quando chegamos ao castelo, tudo mudou. Ela me disse que morava lá e que era a princesa. Quase desmaiei e perguntei seu nome, Nina, e vi que branqueou. Ela me perguntou o meu. Então, choramos de alegria. Eu a abracei. Ela me disse que sonhava comigo todas as noites que eu iria a buscar. Nós nos abraçamos novamente e eu a beijei. Lembramos do pacto e de tanta alegria. Eu já tinha vindo duas vezes, mas nada de encontrar.

— Vem almoçar. — Carlos diz.

— Pode ser amanhã. Hoje já paguei o hotel, só estamos comendo, mas estou morando junto com ela no barraco. Ela não quer ficar comigo no hotel. Como temos muito que conversar e planejar, passamos a noite quase toda conversando. — Paulo conta. —Estou vendo como vive e eu só estudava. Hoje, sou dono de um hospital e construí um castelo igual àquele que vocês moravam, mas Nina quer uma casa aqui. Achei certo. Podemos tirar férias e vir aqui em Santa Catarina. Eu tiro férias três vezes por ano. Eu não vou tirar seu tempo, sei que sítio dá trabalho. Só uma coisa ainda. Nós queremos nos casar logo. Ainda vou combinar com Nina. Eu gostaria que meus pais adotivos estivessem. Eu os chamo de pai e mãe. Eles são muito bons para mim e não tinham filhos, ele também é médico, também é dono do hospital que construímos juntos. Amanhã falaremos mais. Ainda queremos visitar o cemitério onde estão meus pais e sua mãe. Vamos almoçar no hotel. Na volta, vamos parar numa loja. Quero comprar umas roupas novas para você. Você aceita?

— Sim. — respondeu Nina.

— Amanhã, vamos almoçar na casa de teu irmão e é bom que te veja como princesa. — diz Paulo.

Eles vão ao cemitério, fazem suas orações. Na volta, entram numa loja de luxo. As atendentes não querem atender e se recusam, pois conhecem a mendiga. Paulo nota e vai até a dona da loja, dizendo:

— Sou médico e vim de São Paulo para buscá-la. Ela é uma princesa. Ela já morava num palácio e vai de novo morar num palácio. Eu tenho aqui no meu carro a foto e também a foto do meu hospital, em São Paulo e vai ao carro e pega uma pasta executiva e mostra seus documentos e as fotos.

— Eu mesma a atenderei. — a dona da loja diz.

Ela viu sapatos de luxo, vestidos das melhores marcas e outras roupas. Foi uma grande compra. Ainda tinham brincos, aneis, pulseiras e colar. Tudo de bom que tinha na loja. Foi no caixa e pagou à vista.

— Nunca rejeitem o cliente. Perderam uma alta comissão. — a dona diz aos funcionários, quando eles saem.

Paulo e Nina se dirigem a um salão de beleza. Paulo chega e diz para dona do salão,

— Quero que ajeite bem o cabelo dela. Ela escolhe o melhor do cartaz. Também, unha dos pés e mãos e uma maquiagem bem ajeitada, conforme a cor da pele. Quanto custam tudo?

Deram o preço. Ele pagou com uma boa gorjeta.

— Para quem é o trabalho? — pergunta a dona.

Todas ficaram surpresas, pois sabiam que Nina era mendiga e ele a chamou de princesa.

— O senhor a chamou de princesa? — a dona repetiu.

— Sim. Ela já morava num castelo e agora vai morar num castelo que mandei construir em São Paulo, onde eu tenho um hospital.

— Então, o senhor é médico? — perguntou ela.

— Sim, sou clínico geral e cirurgião. Quero um serviço bem-feito, ela merece. Somos namorados desde o colégio.

As funcionárias ficam cochichando uma para outra:

— Como que pode, nós a conhecemos como mendiga há tanto tempo.

Elas começam pelo cabelo. Ela vê o modelo que quer para o cabelo, para os pés, a cor das unhas e vê o cartaz de maquiagem.

Paulo vai ao carro e pega sua pasta executiva, dirigindo-se à dona do salão e mostra a foto onde ela vai morar um castelo, e diz

— É igual ao que ela morava quando criança. Era aqui onde hoje é uma imobiliária.

— Eu conheço esse castelo. Eles tinham dois filhos. — a dona diz.

— Sim, Carlos e Nina, a princesa. Ela era jovem e eu sempre quis entrar no castelo. Eu morava um pouco adiante num sítio. Quando meus pais faleceram, meu tio que também é médico me adotou. Fui estudando e trabalhando no hospital. Quando me formei, comecei a ganhar dinheiro e ficar famoso. Começamos a construir um hospital moderno. Agora vim buscar minha princesa.

Nina fica tão bonita que quase ninguém vai reconhecê-la. A dona do salão diz:

— Ela é bonita.

— Ela sempre foi bonita. — Paulo concorda.

— Como vou mendigar agora? Ninguém me dará nada e vão me dizer "senhora, vá trabalhar". — Nina responde.

As funcionárias que a conhecem agora veem uma princesa.

— As roupas novas estão no carro. — ela ainda diz.

— Como uma princesa chega a esse ponto de mendigar? Agora, volta a ser princesa novamente e encontra seu príncipe. — pensam as funcionárias.

— Quando fomos tomar café no hotel, não irão te reconhecer. Teu irmão também. Você ficou tão bonita. A minha mãe quando te ver vai ficar feliz. — Paulo diz à Nina.

Quando saem do salão, já é tarde.

— Ainda temos que parar numa loja para comprar brinquedos para as crianças de Carlo e Luiza e uma caixa de chocolate. — diz Paulo. — Nina, eu andei tirando algumas fotos suas como mendiga e agora vai ser como princesa. Como eu não vi nada, era para ser surpresa, mas pensei que você podia não gostar, ainda dá para apagar.

— Foi bom. Podemos mostrar um dia para nossos filhos que vão ficar curiosos com nossa história de vida. — diz Nina.

Dr. Paulo agradece por Nina entender, e quando chegam ao barraco, Nina fica tão alegre e abraça Paulo e diz:

— Você comprou tanta coisa para mim.

Ela começa a experimentar cada vestido e sapatos e vai até o jardim. Paulo tira fotos. A fofoqueira já grita:

— Você está linda e nem parece mendiga.

— Quer o lugar dela como mendiga? Ela agora é uma princesa, como sempre foi. — Paulo responde.

Nina fica feliz.

No outro dia, vão bem cedo no hotel para o café. A dona do hotel se assusta com a beleza de Nina.

— Nunca vi uma mocinha tão bonita como você está agora. — diz a dona.

— Há quatro dias que parei de mendigar. Vou ficar com saudades de todos vocês e outros que me guardavam as coisas recicláveis. Todos da cidade me conhecem como mendiga e eu já estava me acostumando e gostando dessa vida. — Nina diz. — Algumas pessoas até me davam café e pão, outras um dinheiro e eu aceitava com alegria, que Deus os recompense. Eles nem sabiam da minha vida passada, fiz faculdade e tive que trancar a minha matrícula.

A dona do hotel ficou surpresa.

Eles tomam o café. Ainda vão visitar novamente a mansão onde Nina morava no sítio que era do pai de Paulo. Depois, voltam ainda ao barraco.

— O que você gostaria de fazer aqui? — Paulo ainda diz.

— Uma casa boa. — ela responde. — Quando nos casarmos, devo ir com você, como me disse você tem que trabalhar e até fez uma réplica da mansão para nós morarmos.

— Sim. — diz Dr. Paulo. — Vamos nos casar aqui. No mesmo dia, vamos a São Paulo. Nossa casa está mobiliada. Aqui, vamos mandar uma construtora construir uma linda casa para nós tirarmos férias, nossos filhos terão todo terreno para brincar

— Que bom, Paulo. — diz Nina.

— Tudo bem, mas vou falar com teu irmão, Carlos, que mantenha um jardim para nós curtirmos às vezes e que ele guarde o piano. O que você quiser guardar vamos separar e mandaremos todas as coisas recicláveis para que fique tudo limpo. Amanhã veremos onde faremos a casa. Agora, está na hora de irmos almoçar na casa de teu irmão. — diz Paulo.

— Sim. Vamos. — responde ela.

Quando chegam, Luiza vem atender e leva um susto.

— Quase não te conheci, Nina. — diz Luiza. — Nunca tinha reparado em tua beleza. Nossa! Como você está linda, nunca vi uma moça tão linda.

— Como você está linda, como a princesa que sempre foi. — Carlos diz quando vê Nina.

— Você me disse que era linda, mas nunca a vi assim. Realmente é uma princesa. Parabéns! O senhor tem sorte de ter uma princesa. — Luiza diz.

Carlos já tinha contratado um rapaz para usar trator e cuidar de animais, assim poderia falar com Paulo toda a tarde. Para o almoço, também vieram os pais de Luiza, João e Lia, que conheciam a mendiga. Quando a viram, perguntam:

— Quem é você?

— Eu sou Nina. — responde ela.

Pela voz a conheceram.

— Como você está linda! É como Carlos disse, é uma princesa. — um pouco envergonhados responderam.

— Ela sempre foi uma princesa. Eu sonhava todas as noites com a princesa. Através dos sonhos, eu sabia que estava esperando por mim. — Dr. Paulo diz.

— Eu também sonhava com você. — diz Nina.

— É verdade. Ela muitas vezes me dizia que sonhou que você a vinha buscar. Luiza é a prova, eu dizia a ela. — confirma o irmão.

— Isso é por Deus que acontece. — Paulo fala.

Luiza chama-os para almoço. Após o almoço, Dr. Paulo expõe o seu plano a Carlos:

— Nós vamos nos casar. No mesmo dia, partiremos a São Paulo, mas queremos fazer uma casa boa onde estava a casa que caiu, para quando viermos de férias ou tirar uns dias de folga termos uma casa própria, com jardim e tudo de lazer.

— Que bom. — Carlos diz.

— Queremos que guarde o piano e algumas coisas de Nina. O restante do bagulho mandaremos embora e mandarei uma empresa de construção a construir a casa, restante dos muros, meio-fio e calçada. — Paulo ainda fala.

— O que precisar, pode contar conosco. Eu passo duas vezes por dia em frente da casa de Nina, para entregar o leite na usina cooperativa. — Carlos feliz diz.

— Vocês têm quantos convidados para nos passar nos próximos dias? — Paulo diz. — Faremos o almoço na churrascaria onde a encontrei. Ainda hoje vou falar com o proprietário, para ver se aceita. Casar-nos-emos no civil e na Igreja. Já de manhã, após o almoço, partiremos para São Paulo e chegaremos pelas 23 horas da noite. Amanhã o pai e a mãe vão esperar apenas comemos algo e vamos para nossa casa. Ainda tenho uns dias e vou telefonar para meus pais adotivos para que tudo dê certo, como temos planejado. Temos ainda uns dias e podemos conversar sobre nosso plano. Sempre me lembro do nosso pacto que fizemos ainda no colégio. Eu estava com medo de encontrá-la casada depois de tanto tempo, mas estava com fé. Nem imagina, Carlos, como estou feliz de estar com ela.

Eles se despedem e vão descansar um pouco. Após, vão à churrascaria. Quando lá chegam, os funcionários não conhecem Nina, mas ela já agradece aos garçons que guardavam os recicláveis.

— É você mesma que juntava as coisas? — pergunta o funcionário.

— Sim. — responde ela. — Foi aqui Dr. Paulo me encontrou, na caçamba, tirando algumas latinhas.

— Como você é bonita! É uma princesa. — outro funcionário diz.

— Sempre foi bonita. É uma princesa. — Paulo completa.

Nisso vem o proprietário da churrascaria e vê Nina. Logo, ele pergunta:

— Quem é você?

— Eu sou aquela mendiga que vinha vasculhar sua caçamba. — responde ela.

— Nossa. — diz o proprietário da churrascaria. — Como você é bonita! Nunca tinha visto você assim. Como ela é bonita, nem a conheci. — continua, olhando para Paulo. — O senhor tem sorte de estar com uma moça tão linda.

Paulo agradece e diz:

— Vim conversar com o senhor sobre nosso casamento. Que será dentro de um mês. Poderia ser um almoço aqui?

— É um prazer. — responde.

— Não seriam muitas pessoas. Temos poucos parentes nesta cidade. — completa Paulo. — O senhor faz o preço por pessoa e eu pagarei antes, porque vamos partir para São Paulo, sem perceberem.

— Tudo bem. Pode contar com todos que aqui trabalham. São todos confiáveis. — diz o proprietário da churrascaria.

— Deixarei meu telefone, caso haja algum acréscimo, e pagarei através de transferência bancária, para não faltar nada aos convidados. — fala Dr. Paulo.

— Tudo bem. Já está tudo combinado. — completa o proprietário.

Os dois ainda vão ao cartório. Está tudo acertado. Logo, vão à secretaria da Igreja e lá pedem os documentos.

— Queremos nos casar pela manhã.

Quando o padre chega, logo conhece Nina e diz:

— Você não é a mendiga que sempre vem aqui? É tua voz, a fala, o teu jeitinho, voz macia, quase não te conheci. Como você é linda!

A secretária que também a conhecia nem percebeu, ficou assustada:

— É você mesma!

— É ela mesma, ela é uma princesa. Já morava num palácio e agora já construí outro igual em São Paulo. Sou médico e tenho um hospital em São Paulo. Somos namorados do colégio e fomos separados pela morte de meus pais. Ela e seu irmão ficaram morando no palácio e, quando morreu seu pai no Rio de Janeiro, eles ficaram sem ganho. O jeito foi vender o palácio e comprar uma casa para cada um. Isso já passou há tanto tempo. Vim duas vezes à sua procura e não a encontrei. Agora, vim para tirar férias e parei na churrascaria. Vi ela catando coisas na caçamba. Pensei "ela conhece a cidade toda e pode me ajudar a encontrar a pessoa que procuro". Como já era tarde, ela me levou até um hotel e outro dia saímos. Quando chegamos ao local que eu indiquei próximo onde moravam meus pais e perto do palácio, eu disse, "estou procurando uma pessoa que morava aqui". Ela quase desmaia, como sou médico, já percebi que algo aconteceu. Ela diz, com muita dificuldade, "eu morava aqui com meu irmão". Então, eu branqueei e ela notou, perguntei seu nome e ela disse que era Nina e perguntou meu nome, Paulo. Ainda em dúvida, me perguntou onde fizemos um pacto de um esperar pelo outro, e eu disse que foi no colégio e que Carlos estava junto. Então, nos abraçamos. Um longo silêncio. Tínhamos tanto a conversar por uns dias. A saudade era grande demais. Esta é nossa história até aqui. Gostaríamos de nos casar pela manhã. Após um almoço, na churrascaria, deixaremos a cidade rumo a São Paulo, onde moram meus pais adotivos, meu tio também é médico e temos nosso próprio hospital, onde atuam vários médicos.

O padre fica surpreso com história e diz:

— Que hora será melhor para vocês?

Eles dizem quase juntos:

— Melhor às dez horas. Ao terminar a cerimônia, os convidados se dirigem para um almoço e saímos de surpresa, sem notarem.

O padre e a secretária ficam surpresos e dizem:

— Vocês, Nina e Paulo, têm que fazer uma preparação para o matrimônio, já com o dia marcado.

— Não podemos fazer convites, precisamos fazer antes as reuniões de casais para marcar o dia do casamento. — Paulo diz.

— Nem acredito estar a seu lado. Quando nos casarmos e estaremos sempre juntos. — Nina diz.

— Eu também estou muito feliz de você ter me esperado tanto tempo. — diz ele.

Dr. Paulo liga para sua mãe e conta um pouco do que aconteceu. Fala que encontrou a princesa.

— Como foi, vou lhe contar quando chegar casado.

— Por que não me ligou antes? Estamos com saudades. Tudo está bem aqui no hospital, não se preocupe, filho. — sua mãe adotiva diz.

— Voltarei no tempo previsto. A senhora vai gostar da princesa. É uma surpresa a história do nosso encontro. Imagina, mãe, estava me esperando. Mãe, ela também sonhava comigo todas as noites. Vamos chegar à noite. Vou ligar para a senhora quando partimos daqui.

Sua mãe fica surpresa com o que disse Paulo e comenta com seu marido Dr. António.

— É mesmo um milagre alguém esperar tanto tempo. — diz Dr. António. — Ele parecia feliz?

— Parecia muito feliz. — diz a esposa.

— Então, ele estava certo quando falava na princesa. — fala o médico. — Vamos ver como vai se comportar conosco, pois vai conviver aqui. Ele se esforçou tanto para chegar a ser médico. Eu me lembro quando eu pedia para ser acompanhante de uns pacientes, fazia com tanto carinho. Quando se formou enfermeiro, como cuidava dos pacientes e ainda quando o convidava a participar da primeira cirurgia. Que perfeição! Na faculdade, sempre era o primeiro e com boas notas. Ele merece uma boa esposa e isso logo veremos.

— Ele é nosso filho como se fosse legítimo, merece todo nosso carinho e que Nina seja uma boa esposa e uma boa nora. — Marta diz.

— Pelo que Paulo falou, ela é de fina educação e carinhosa. Ele diz que vai se entender muito bem com você. — Dr. António ainda completa.

— Sim também me falou vamos ver. — finaliza a esposa.

Em Santa Catarina, Dr. Paulo já começa os preparativos para o casamento.

A vizinha fofoqueira logo começa a atacar de novo. Quando chegam, já diz:

— Como pode um homem fino gostar de uma mendiga? Agora, tão bonita. Isso ainda vai dar em casamento. — fala, olhando em seu terreno o lixo. — Pode ser só fachada.

Eles simplesmente ignoram e riram.

— Ela não sabe de nada de nós. — Paulo comenta.

— Sim. — responde Nina. — Ela sempre foi assim.

Assim, passaram aquela noite. No dia seguinte, vão à casa de Carlos e Luiza. Antes, passam numa loja e compram presentes para as crianças, Celina e Gilberto, que ao receberem os presentes já abrem os pacotes de tanta felicidade.

— O senhor pode nos levar dar uma voltinha com seu carro? — pedem as crianças a Paulo.

Dr. Paulo fica surpreso e diz:

— É claro. Podemos dar uma voltinha. Vamos dar uma voltinha com as crianças. — Dr. Paulo fala para Nina, a princesa.

O casal pede à Luiza que os deixe sair com as crianças.

— Você conhece onde tem uma sorveteria? — Paulo pergunta à Nina.

— Sim. Eu conheço um bom lugar. Eles sempre me guardam tanto papelão.

Saíram com as crianças muito felizes. Quando as crianças descem do carro de luxo, Dr. Paulo já fica olhando. Logo, sentam-se à mesa. As crianças bem-educadas pedem sorvete para todos. Quando o proprietário no caixa se aproxima, Nina diz:

— O senhor me conhece?

— Não. — ele responde.

— O senhor sempre guardou o papelão para mim e quero lhe agradecer. — diz ela.

— O quê? O que está me dizendo? — o senhor responde.

— Sim. Eu sou aquela mendiga que vinha catar o reciclável. — conta Nina.

— Não pode ser. Eu vi na camisa dele escrito Dr. Paulo, deve ser médico. — fala ele.

— Sim. Ele é meu noivo. — diz Nina feliz.

— Você merece. Mas não te reconheci, pois você é tão bonita. — confessa o proprietário.

— Teu sorvete está derretendo. — Dr. Paulo chama.

O proprietário imediatamente leva outro sorvete para ela e fala com Dr. Paulo:

— São suas crianças? São tão educadas.

— Não. Eles são do irmão de Nina, minha princesa.

O dono da sorveteria fica ainda mais curioso e diz:

— Ela me disse que é aquela mendiga que recolhe os recicláveis.

— Sim, mas, antes de ser mendiga, morava em um palácio. Somos namorados desde o colégio. Agora que já possuo um hospital moderno, construí um palácio castelo igual àquele que ela morava. — Dr. Paulo diz.

O dono da sorveteria quase não quis acreditar, mas, olhando para Nina, vê que é mesmo uma princesa, de tão bonita e linda. Está irreconhecível.

Dr. Paulo ainda diz:

— Vamos nos casar em breve. Vamos para São Paulo, mas três a quatro vezes por ano tiro férias. Vou mandar construir uma boa casa no terreno que ela tem o barraco.

— Como é esta vida? Cheia de surpresas. — o sorveteiro diz, deixando-os aos garçons, que os servem bem.

Eles compram doces para as crianças e uma caixa de chocolates para Luiza e Carlos. Voltam quase meio-dia. As crianças ficaram felizes e Luiza também ficou feliz.

— Hoje, não vamos ficar para o almoço. Queremos chegar no hotel onde tomamos café.

Eles se despedem e dizem:

— Hoje, pedimos o almoço para podermos encontrar a dona do hotel. Queremos acertar e pagar, pois sempre chegamos bem cedo para o café. Saímos e hoje no almoço podemos encontrar a dona.

Quando chegam ao hotel, a mesa já está preparada. As garçonetes já veem Nina e não a reconhecem. Perguntam:

— Você é esposa de Dr. Paulo?

— Nós vamos nos casar. Eu sou a Nina, a mendiga que vinha aqui juntar as coisas recicláveis. — diz ela.

— Não pode ser. Você é tão linda e parece uma princesa com essas joias. — fala a funcionária.

— Sim. Eu já fui uma princesa e morava em um castelo. Dr. Paulo era meu namorado do colégio. — Nina diz.

Nisso, vem a dona do hotel e Dr. Paulo pergunta:

— Quanto estou devendo?

Enquanto paga a conta, a dona diz à Nina:

— Como você está bonita e até parece uma princesa.

Dr. Paulo escuta e diz:

— Ela, quando estava em sua adolescência, morava num castelo.

— Que linda! Nunca tinha percebido sua beleza, pois era catadora de recicláveis. Só agora vejo sua beleza. — confessa a dona.

— Ainda, este mês vamos nos casar. — Paulo fala.

— Já vão se casar? Se encontraram nesses dias e já pensam em se casar? — fala ela surpresa.

— Sim. Nós estamos namorando há muitos anos, desde o colégio, onde fizemos um pacto. Depois, namoramos muitos anos só por sonhos. — completa o doutor.

— Como por sonhos? — a dona ficou curiosa.

— Eu em São Paulo sonhava todas as noites com ela e me perguntava: será que ainda me espera? Nina, a princesa, também sonhava comigo todas as noites e pensava as mesmas coisas, contava a seu irmão.

Então, a dona do hotel fica ainda mais espantada:

— Como isso pode acontecer numa cidade como a nossa, aqui em Santa Catarina e São Paulo?

Dr. Paulo paga a conta e diz:

— Por mais alguns dias, viemos tomar café e algumas refeições. Ao nos despedirmos, pagarei a conta.

Dr. Paulo vai até a Igreja no encontro matrimonial. A secretária logo vem com a mesma conversa:

— Como você está linda!

— Minha princesa sempre foi linda. — fala Dr. Paulo.

Logo, a secretária pensa:

— Mas, quando vinha mal trajada e como mendiga, não era assim.

Dr. Paulo, percebendo, logo diz à secretaria:

— Vocês querem ser nossos padrinhos de casamento?

Ela rapidamente diz:

— Sim. Já vou comunicar meu marido.

— Preciso de mais um casal. — diz Dr. Paulo. —

Quando vem o casal da reunião matrimonial, diz a senhora:

— Parece que te conheço de algum lugar.

— Sim. — diz Nina. — Quando eu juntava as coisas recicláveis, eu era uma mendiga, mas quando criança morava em um castelo parecido a um palácio. Dr. Paulo também morava perto do castelo. Éramos namorados do colégio, com um pacto de esperar um pelo outro. Por uma coincidência, agora nos encontramos. O resto da história lhe contarei num outro dia.

Começa a reunião. Ao terminar, Dr. Paulo pergunta:

— Vocês querem ser nossos padrinhos?

— Sim. Aceitamos com prazer. — respondem.

— Agora, está completo, quatro casais de padrinhos. Podemos marcar a data e hora do casamento. — Dr. Paulo conclui.

Ainda, vão à casa do irmão de Nina para ver e marcar o dia e hora do casamento. Os pais de Luiza, o senhor João e Lia, tinham a quantia de pessoas para os convites e para a churrascaria. Quando chegam à casa dos pais Luiza, ficam surpresos com a beleza de Nina.

— Como você é linda. — Lia diz.

Ela agradece e os convida para o casamento. Tudo pronto.

Quando voltam, a vizinha fofoqueira grita:

— Vão se casar logo?

— Sim. — diz Nina.

— Onde vão morar? No barraco?

— Vamos usá-lo até irmos para casa, em São Paulo, já tem um castelo pronto. — responde Nina.

— Então, você é a princesa que eu via andando pelo jardim? — fala a fofoqueira.

— Sim, era eu. — fala a princesa.

— Como as coisas mudam. — diz a fofoqueira.

Logo que entram no barraco, Dr. Paulo diz:

— Nina, ainda temos que nos despedir dos que guardavam os recicláveis para você.

— Podemos ir amanhã depois do café. — responde Nina.

Logo que chegam à primeira casa, Nina diz:

— Nessa casa, sempre batia para ver se me guardavam algo. Um dia um menino vem chorando, "mãe meu computador estragou, não quer funcionar". Eu tinha aprendido na faculdade sobre computadores. Eu disse ao menino "eu posso ver". Ele pega na minha mão e a mãe quase quis impedir e o menino, "venha" e vou com ele. Fiz funcionar, só estava travado. O menino me agradece, e a mãe diz "como você, uma mendiga, entende de computação?". Eu disse que aprendi na faculdade e, com a morte de meus pais, tive que trancar a matrícula. Então, ela levou um susto. Dali em diante, ela sempre me tratando muito bem e sempre guardam algo para mim.

Quando chegam à casa, a dona já vem com o menino correndo junto. Olhando o carro de luxo e Nina descendo do carro.

— Teu computador está funcionando bem? — pergunta Nina ao menino perto da mãe.

— Sim. Desde que aquela mendiga arrumou está ótimo. Como você sabe? — responde a criança.

— Eu sou aquela mendiga. — conta Nina.

— Como? — questiona ainda o garoto.

A mãe olha a beleza de Nina e diz a Paulo:

— Não pode ser ela.

— É ela mesma. Ela veio para se despedir. Vamos nos casar. Vamos morar em São Paulo. — Paulo conta.

Então, a dona da casa os atende muito bem e lhes oferece um ótimo café. Muito admirada, diz a Dr. Paulo:

— Como tem sorte. Uma boa moça.

— Ela já era uma princesa, que morava em um palácio. Éramos namorados do colégio e construí um palácio igual àquele que ela morava. Ela ainda é e sempre será uma princesa. — Dr. Paulo fala.

Saíram de lá quase meio-dia.

Eles almoçam no hotel. Logo à tarde, vão visitar e se despedir de alguns comerciantes, nos locais que recolhia os recicláveis. Nenhum a reconheceu. Ela teve que dar explicações em todos os lugares. Ficam encantados todos pelo que eles diziam.

A tarde chega, não puderam visitar todos ainda. Precisam de mais um dia para visitar todas as casas. Eles querem saber como pode uma mendiga tão de repente ser uma moça tão linda e estar com Dr. Paulo, um médico, com as roupas com identificação de. Paulo médico cirurgião.

As pessoas ficam ainda mais curiosas, perguntando de onde se conhecem e como se encontram. Eles têm que dar toda explicação. Tinham o direito de saber, pois todos eram muito gentis e guardavam as coisas recicláveis, enquanto a necessidade a obrigava a mendigar. Ninguém imaginava que ela era uma princesa. Faltam poucos lugares para se despedir e agradecer às pessoas que a ajudavam.

No outro dia voltam ao salão de beleza onde foram a primeira vez fazer maquiagem, cabelo e unhas. Dr. Paulo pede que a deixem bem bonita. Todas as atendentes do salão imediatamente começam a ajeitá-la.

Dr. Paulo fala com a dona do salão se podem ajeitá-la no dia do casamento como princesa e a noiva mais linda.

— Sim. É nossa especialidade. — ela diz.

— Mas já vou dizendo que vai ser pela manhã. É preciso começar cedo. Após o almoço, sairemos de mansinho e viajaremos a São Paulo, para nossa casa. É um palácio que ela merece. Pagarei extra a quem se dedicar a prepará-la e adiantado, pois não posso estar presente, sou o noivo. Somente a verei na Igreja. Após a cerimônia vamos para o restaurante e depois viajaremos e chegaremos em São Paulo às 23 horas. Meus pais adotivos já nos esperam. Até já tem duas cirurgias marcadas, quando voltar. Meu pai adotivo, Dr. António, já me ligou. Estou fazendo falta no hospital.

Com Nina pronta, Dr. Paulo paga e deixa novamente uma boa gorjeta.

A dona do salão pergunta:

— Quem quer vir mais cedo no dia do casamento da mendiga Nina, a princesa, e deixá-la uma noiva mais linda e como uma princesa? Precisamos ver como são no catálogo os enfeites de princesa. Ela ainda vai trazer o vestido de noiva com detalhes, os braceletes, coroa de princesa e outros detalhes que escolher nos figurinos. Do mesmo modo que vão se casar, já vão embora.

Todos as atendentes querem vir, pois, além da curiosidade, tem a gorjeta.

Tudo preparado Dr. Paulo fala para Nina:

— Agora, precisamos saber e ver um sábado para nosso casamento.

No dia seguinte, vão à casa do irmão de Nina, Carlos, e de Luiza.

As crianças já vêm e falam:

— Tio, leva nós tomar sorvete?

Nina e Dr. Paulo perguntam à Luiza se podem levar as crianças à sorveteria.

— Sim. — diz Luiza, que arruma bonitinhas as crianças.

Eles vão à sorveteria.

Nina tinha saído do salão no dia anterior e estava linda. As garçonetes foram atender e falavam uma à outra:

— Como pode uma mendiga ser tão bonita e rica?

— Vamos nos casar logo. Estamos de partida. No hospital em São Paulo já me esperam.

Logo, uma garçonete diz:

— Posso ocupar teu lugar de mendiga para que um príncipe venha me buscar?

— Nós somos namorados desde o colégio. Fomos separados pela morte de nossos pais. — Nina diz.

Após já tinham saboreado um sorvete, ainda dão uma parada onde era o sítio dos pais de Dr. Paulo e onde era o castelo dos pais de Nina. Eles recordam daquele tempo. Logo, voltam e entregam as crianças. Vão ao hotel para o almoço. Uma nova garçonete vem dizendo

— Como você é bonita.

— Ela é a mendiga que vinha recolher os recicláveis que guardávamos. — outra logo diz.

— Não pode ser. — outro diz.

Eles foram servidos com toda gentileza e todos a olhavam com curiosidade. Logo, Dr. Paulo percebe e diz à Nina:

— Todos te olham com curiosidade. Ainda bem que vamos nos casar e vamos para casa. Deixamos uma história que será contada por muitos. Vamos ver quando voltarmos para casa que vamos construir para passar as férias.

Assim mais um dia que se passa.

Nos dias seguintes, vão à Igreja e marcam o dia do casamento. O padre diz:

— Esse sábado ainda não dá, mas podemos marcar para às dez horas do próximo sábado. Assim fica marcada a data.

Agora, contam quantas pessoas serão convidadas e fazem os convites. Dr. Paulo ainda liga para seus pais dizendo o dia marcado do casamento.

— Não podemos ir para assistir, pois o hospital está com falta de médicos. Até eu faço alguns plantões. — Dr. António diz.

— Já estamos com saudades. — dona Marta lamenta.

— Chegaremos entre dez ou onze horas da noite. O casamento será pela manhã e sairemos após o almoço. — Dr. Paulo completa.

Com tudo preparado, Dr. Paulo e Nina se dirigem ao salão que deverá preparar a noiva e acertam os detalhes.

— Amanhã, te deixarei aqui. Vocês vão ver o vestido, os sapatos, coroa de princesa e tudo que precisar, vocês compram. Quero que seja tudo de princesa e de qualidade. — diz Paulo. — Deixarei um dinheiro para você gastar. Quando eu vier te buscar, pagarei o restante, as despesas do salão com a gorjeta. Teu irmão e Luiza que entram na Igreja com você. Certamente, vai ser um casamento lindo e diferente, pela manhã. Vai ser bem comentado pelo povo.

A dona do salão vai com Nina onde vendem produtos matrimoniais e o vestido de noiva e já encontram tudo. Dr. Paulo vai até a churrascaria e acerta os detalhes com o proprietário sobre a quantia de pessoas e já deixa pago. Deixa também uma quantia para um acréscimo, que pode ser dividida entre os garçons. Quando ele volta, Nina já está esperando. Igualmente, Dr. Paulo paga e deixa uma quantia para as profissionais.

Já chegando a hora do almoço, eles se dirigem ao hotel, onde fazem as refeições e só pernoitam no barraco. Logo, contam à dona do hotel que vão se casar no sábado e que devem deixar pronta a conta na sexta-feira, pois sábado, na hora do café, ele já quer pagar, já que retornariam a São Paulo.

— Voltaremos em breve, quando eu tiver uma folga. Mandarei construir uma casa no terreno de Nina, minha princesa, quando nós tirarmos umas férias para visitar amigos e parentes. — diz ele.

Naquele momento, ainda no hotel, Dr. Paulo reservou uma suíte para se aprontar no sábado de manhã. A dona do hotel fica feliz em recebê-lo. Ela foi convidada para o casamento.

Chega o sábado pela manhã, ele vai ao hotel bem cedo, como combinado. Dr. Paulo deixa sua mala no quarto e leva Nina ao salão. Carlos na hora marcada vai buscar a noiva e a levará até o altar. Paulo chega 20 minutos antes e a espera. Tudo acertado.

Começa a cerimônia e todos os convidados já estão presentes. Quem assistia dizia:

— Que casamento lindo!

Havia muitos curiosos que conheciam a mendiga. Agora, ela era uma princesa linda. Na saída da igreja, cumprimentaram com beijinhos a noiva que estava muito linda. Uns diziam:

— Como pode um casamento pela manhã?

Logo, formam uma fila para parabenizar o casal. Todos foram convidados para o almoço na churrascaria. Tudo estava bem-preparado com mesa reservada.

Dr. Paulo e Nina fizeram um belo discurso, começando por quando namoravam no colégio, foi muito difícil o namoro dos dois. Nina era a princesa do palácio e os pais de Dr. Paulo tinham um sítio ao lado.

— Os pais de Nina eram muito ricos e orgulhosos. Com a morte de meus pais, meu tio, Dr. António, me adotou. Como estava mais no hospital que em casa, me tornei médico. Os pais de Nina, a princesa, faleceram. Nina e Carlos tiveram que trancar as matrículas na faculdade. Como não tinham mais a fonte de renda dos pais e não tinham mais reservas, o recurso era vender o castelo. Carlos compra um sítio, como cursava Agronomia, e Nina compra uma linda propriedade próxima à cidade, com uma casa antiga e dois galpões de alvenaria, os quais aluga para uma mendiga chamada Rita. Devido a uma tempestade, a velha casa caiu, Rita estava dentro. Nina foi acudir algo nos galpões, e Rita ficou debaixo dos escombros e morreu. Ela não tinha parentes e Nina acerta todo o funeral, pensando como iria viver. O aluguel a sustentava. Teve que começar a mendigar, continuando o ritmo de Rita. — diz Paulo, contando tudo o que aconteceu. — Assim, a princesa se torna uma mendiga catadora de recicláveis, famosa em toda cidade. Eu já tinha vindo duas vezes para buscá-la, pensando se ainda a encontraria me esperando pelo pacto que fizemos no colégio. Já com um hospital, construí um castelo igual àquele que morava. Resolvi buscá-la. Quando chego aqui nesta churrascaria, encosto o carro logo nos fundos e vejo uma mendiga retirando algo da caçamba. Eu pensei que ela deveria conhecer toda cidade. Cheguei perguntando "você conhece toda cidade?", ela me respondeu que sim. Perguntei a ela se queria ser minha guia. Contei que estava à procura de uma pessoa. Como já era tarde, convidei ela para jantar comigo. Depois, me deixou em um hotel. Então, coloquei a sacola de recicláveis no porta-malas e pedimos aos garçons, que estranham, mas aprontaram uma mesa. O senhor hoje é meu padrinho, que tinha uma criança doente, deixei uma gorjeta debaixo do prato. Ele ficou feliz, pois precisava comprar remédio. Fomos ao hotel onde a mendiga era conhecida. No hotel, fui gentilmente atendido e perguntei da mendiga só me falaram bem, que ela sempre estava catando as coisas. No dia seguinte, com a hora marcada, a mendiga estava já no hotel. Pedi para tomar café comigo. Fomos ao bairro onde meus pais tinham um sítio. Ela sabia que o bairro mudou muito. Paramos bem no lugar do castelo, agora transformado numa imobiliária. Eu, ainda dentro do carro, disse para mendiga, "vamos descer do carro, quero ver se vejo alguém". Quando estávamos olhando, eu disse que estava à procura de uma moça, uma princesa, que morava lá. A mendiga quase desmaia de susto e perguntou se era ela, me disse o seu nome, Nina. Eu perguntei se tinha um irmão. Ela me respondeu que sim, o Carlos. Falei a ela o meu nome, Paulo, e perguntei se lembrava do pacto. Ela respondeu que sim. Então, nos abraçamos. Eu a beijei e disse que não a deixaria nunca mais.

Assim, termina o discurso. Todos aplaudiram e depois almoçaram.

Dr. Paulo foi falar com o proprietário. Após, já entram no carro. Ele e Nina saem de fininho, sem que os convidados percebam. Só o irmão de Nina, Carlos, e Luiza sabiam e disseram ao fotógrafo.

Todos comentam:

— Veja que discurso. Como uma coisa dessa pode acontecer?

Já é tarde, quase três horas, quando os convidados percebem que o casal já foi.

— Sim. Logo estarão em São Paulo. Seus pais já os estão esperando em São Paulo. Dona Marta espera ansiosa para conhecer a nora, e o pai, Dr. António, está de plantão no hospital. — Carlos e Luiza falam.

Finalmente chegam, e mais cedo que o esperado.

Quando Marta vê a princesa diz rapidamente:

— Como você é bonita!

— A senhora também é jovem e bonita. Dr. Paulo fala muito bem da senhora. — Nina diz, abraçando Marta. — A senhora é uma boa mãe. — Nina a beija no rosto e logo diz. — Eu tenho tanta coisa a contar-lhe.

Enquanto Dr. Paulo liga para seu pai, Dr. António, Nina fala com Marta com tanta educação que Marta já fica querendo bem.

Nesse momento, vem a empregada e diz:

— O café está pronto.

— Vamos tomar um cafezinho. — Dr. Paulo diz, abraçando sua mãe. — E aí, mãe, gostou da princesa Nina?

— Ela é linda e de boa educação. — diz Marta, pegando a mão de Nina. — Espere vou lhe mostrar a nossa casa.

Marta a leva. Mostra toda a casa.

— Tenho tanta coisa para lhe dizer. Vamos conversar muito. Posso chamar a senhora de mãe? Agora sou casada com Paulo, seu filho. — Nina diz à Marta.

— Sim. Agora, você é minha filha. — responde a mãe.

— Nós vamos para casa. Estamos cansados com a festa. Amanhã, você tem o dia inteiro para conversar. — Dr. Paulo diz.

— Um dia é pouco para o tanto que tenho a falar. — responde Nina.

— Vão descansar e amanhã venham para o almoço. — Marta viu o quanto é bonita e gentil.

Os dois vão ao castelo. Quando chegam, Nina já diz:

— Então, é verdade. Você mandou construir um castelo igual àquele que eu morava. Como você sabia o modelo?

No dia seguinte, Dr. Paulo mostra o jardim e diz:

— Você merece, já que me esperou tanto tempo. Eu estudava dia e noite e participava das cirurgias que meu pai-tio fazia no hospital.

— É lindo o castelo e bem dividido. Tem lugar para o piano. — diz Nina.

— Você é minha princesa. — Paulo fala.

Eles desfazem as malas e arrumam no guarda-roupas.

— Precisamos fazer algumas compras para o café. — Nina diz.

— Não, eu encomendei um café para dois que entregam em casa. — responde o marido.

— Que bom. — ela fala.

— Minha mãe já está à procura de uma cozinheira para nós.

— E eu vou fazer o quê? — pergunta ela.

— Quer me amar ou quer ser minha cozinheira no hospital? — Paulo diz. — Mas esta semana você só vem para ajeitar as coisas aqui. O que precisar minha mãe vai te ajudar.

Já quase na hora do almoço, vão à casa dos pais de Paulo.

Nina alegre diz:

— Mãe Marta, bom-dia.

— Você é feliz? — Marta pergunta.

— Sim, mãe. — responde ela.

Logo vem Dr. António e a cumprimenta, dizendo:

— Eu sou pai de Paulo.

— Sim, ele falou bem do senhor, mas agora eu, Nina, também sou sua filha. Posso lhe chamar de pai?

— Sim, é claro. Agora você é minha filha. Como você é bonita. Paulo sempre dizia que você é linda e sonhava com você. Ele me dizia, "ela está me esperando, eu sinto". Vamos almoçar? O almoço está pronto. Paulo, você tinha razão. Ela é linda. De fato, bem querida.

— Agora, vocês são meus pais. Eu queria junto a Paulo contar para vocês que, quando Paulo me encontrou, eu estava bem diferente. É uma longa história, é preciso um pouco de tempo. — Nina diz.

— Vocês vão se admirar e é real. — Dr. Paulo comenta.

Ficam muito curiosos.

— Vou pedir ao médico Dr. João tirar o plantão esta noite e podemos conversar. — Dr. António diz.

— Tudo bem. — responde Paulo.

— À noite, queremos ir à casa de Nina para ver o que ela precisa. — Marta diz.

Dr. António e Dr. Paulo precisam ir ao hospital, pois têm uma cirurgia marcada

— Voltamos para o jantar. — dizem eles.

— Tudo bem. — as mulheres respondem.

— Após o jantar, conversamos sobre vocês. — fala Dr. António.

Quando chegam ao hospital, Dr. António diz:

— Pode me adiantar alguma coisa?

— Sim. O senhor lembra quando meus pais morreram e logo morreram os pais dela? O senhor adotou e me formou. Ela e seu irmão ficam sem recursos financeiros e até chegam a passar fome naquela mansão. Então, imagine dois adolescentes passando fome com aquela mansão.

Nisso interrompem os enfermeiros e dizem:

— O paciente já está anestesiado.

— À noite, o senhor ouvirá a história deles e como eu a encontrei. — Dr. Paulo diz.

Eles vão à cirurgia. Ela foi um sucesso, só esperam ainda a recuperação e passar a anestesia. Os dois dirigem-se para casa. Quando chegam, Nina e Marta já estão esperando. Todos jantam. Após, vão para sala de estar.

Paulo começa dizendo:

— Mãe, lembra quando meus pais morreram e vocês me adotaram?

— Sim. — responde ela.

— Então, logo morreram os pais de Nina, a princesa. Ela e o irmão eram adolescentes na faculdade. Começam a passar por uma situação financeira ruim. Vendem tudo que podiam vender e trancam a matrícula da faculdade. Não tinham parentes. Chegaram ao ponto de passar fome. Carlos começa a ajudar em um armazém só pela comida. Ele cozinhava e fazia os serviços. Quando viram que não tinham ajuda, foram a uma imobiliária para vender a mansão, o castelo. O proprietário já se interessou e disse a eles: "o que vocês pretendem comprar?". Carlos, como estava cursando Agronomia, disse "vou comprar um sítio e Nina pretende comprar uma residência próxima à cidade". O valor da mansão/castelo passa para Carlos. Nos dias seguintes, o proprietário da imobiliária encontra um belo sítio e leva Nina e Carlos ao local. Eles logo se agradaram. O preço estava dentro de sua parte da mansão/castelo. Quando voltam, bem próximo da cidade, um terreno à venda, com aproximadamente de dez a quinze lotes e uma casa já bem velha e dois barracões/paios em alvenaria. Nina disse que podia servir. O proprietário telefona e o preço é compatível. Sobra uma reserva para cada um. O senhor da imobiliária faz a proposta e fazem o negócio, comprometendo-se com a documentação. Feito o negócio, Carlos se muda para o sítio e Nina para a sua casa. Carlos começa a produzir e casa-se com Luiza, filha do vizinho. As reservas de Nina logo acabam e aparece uma mendiga que quer alugar os barracões para guardar os recicláveis. Nina recebe o aluguel desejável. A mendiga se chamava Rita. Em um dia de tempestade, a casa caiu e Rita estava na casa. Nina foi recolher algo no galpão. Quando viram, Rita estava morta. Nina e seu irmão a sepultaram com o dinheiro que Rita tinha guardado. Carlos queria levar Nina para sua casa, mas ela não queria. Como Nina já conhecia o ritmo de Rita, começa a percorrer onde Rita recolhia os recicláveis. Logo, ganha a confiança e a simpatia da comunidade e de toda a cidade, tornando-se uma mendiga. Tinha à frente uma vizinha que sempre a criticava. Nina às vezes se vestia de princesa com os trajes que guardava. A vizinha pensava ver fantasma. Nina tinha que rir. Isso ocorreu por um bom tempo. Seu irmão a levava leite, frutas e verduras, tudo que tinha no sítio, e todo dia passava em sua casa. Ela sempre dizia ao irmão ter sonhado comigo. Quando eu cheguei na cidade já de tardezinha, parei o carro nos fundos do estacionamento de uma churrascaria. Vi uma mendiga juntando coisas na caçamba e pensei "ela deve conhecer a cidade toda". Desci do carro e perguntei a ela "você conhece a cidade toda?", "sim", ela me respondeu. Eu disse "pode ir comigo me mostrar alguns lugares amanhã cedo", novamente ela respondeu que sim. Disse a ela "você quer jantar comigo agora aqui e depois me mostrar um hotel de onde sairemos amanhã", "sim", ela diz. Jantamos e fomos até o hotel onde era conhecida. No outro dia, às sete horas, já estava chegando, tomamos café e eu disse "quero ir naquele bairro primeiro, pois procuro uma pessoa, onde meu pai tinha um sítio". Quando chegamos próximo do castelo, estava tudo mudado, e eu disse a ela "procuro uma moça que mora ou morava nesse casarão que era um castelo".

— Eu quase desmaiei. Eu disse que morava lá com meu irmão. Então, Paulo quase desmaiou. — completou Nina.

— Eu perguntei seu nome e disse que é Nina. Perguntei sobre seu irmão, Carlos, contando a ela quem eu sou. Disse "te procuro, já vim duas vezes, não te encontrei". Ela ficou branca e quase desmaiou. Me disse "eu sonho tanto com você, Paulo". Eu a abracei e enchi de beijinhos, dizendo "agora não te deixarei mais e foi esse o nosso encontro". — finaliza Paulo.

Marta abraça Nina e pergunta:

— Você passou por tudo isso?

Dr. António também abraça Nina, dizendo:

— Vocês devem agora agradecer a Deus e rezar pelo amor de vocês. Isso não é por acaso, é guiado por Deus.

António e Marta ficam pensando:

— Como deve ser um amor e pacto de colégio.

Nos dias seguintes, Marta pergunta à Nina:

— Como é ser mendiga?

— Até é legal. Todos me respeitavam e me davam coisas. Sabiam que eu era diferente, só pedia recicláveis e eles guardavam para mim. Meu irmão queria que eu morasse com eles. Eu disse "você passa todos os dias aqui e me traz o leite. Prefiro ficar aqui". — responde Nina.

— Tá certo. — Marta diz.

Nina a chama de mãe e Dr. António de pai.

— Vocês venham almoçar todos os dias aqui. Dr. Paulo precisa estar no hospital e fico sozinha, já me sinto tão bem com sua presença. — completa Marta.

— Não, mãe. Eu não quero incomodá-la. Eu sei fazer comida, limpar e lavar. — Nina diz.

— Aqui, nós temos empregadas. Só quero companhia. — fala Marta.

— Está bem. Eu sei que médico está sempre ocupado e deve estar no hospital. Suas esposas ficam sós ou também e pertencem à medicina. Na verdade, são salvadores de vida e merecem todo nosso amor. — diz Nina à Marta.

— É verdade. — Marta diz. — Amanhã vamos ao hospital para que você, minha filha, conheça o tamanho dele.

Dr. Paulo vem para jantar e logo diz:

— Minha princesa, você precisa conhecer o hospital. Temos muitos pacientes.

— Meu amor, já combinei com a mãe. Amanhã vamos conhecer o hospital. — Responde Nina.

— Nina, vamos para casa. — chama Dr. Paulo.

— Você me traz amanhã, antes de ir ao trabalho? Eu e Marta vamos ao hospital. — ela pede.

— Tudo bem. — responde Dr. Paulo. — Você pode me ajudar na cirurgia?

— Ei, nem posso ver sangue, imagina só cortar as pessoas. Prefiro ver a maternidade. — fala ela.

— Ah, sim. Lá é lindo. É só alegria.

Logo no dia seguinte, Dr. Paulo leva Nina na casa de sua mãe. Nina abraça Marta e diz:

— Bom dia, mãe.

— Como você está, linda filha? — pergunta Marta alegre.

Elas tomam café. Marta mostra o jardim.

— É linda sua casa. — Nina diz.

— Agora, está linda, mas, antes de você vir, era muito triste. As empregadas não gostam de conversar com as patroas. — responde a sogra.

— É verdade. Quando criança, tínhamos três empregadas. Só uma era amiga, sabia do meu namoro com Paulo. Ela me levava ao colégio e viu que eu gostava de Paulo. Ela nos deixava namorar mais um tempo, vinha mais cedo. Foi tudo com ajuda dela. Quando Frida contou para as outras, já fofocaram para minha mãe que era enérgica e não deixava Paulo nem chegar perto do palácio. — diz Nina.

— É assim mesmo. As pessoas são falsas e outras amigas. — Marta fica admirada.

— Eu eu e Paulo éramos inseparáveis no colégio. Às vezes meu irmão me ajudava para ficar perto de Paulo. Até a professora me pôs perto de Paulo, era nossa amiga e me deixava falar com ele na sala.

Marta se impressiona com o amor que há neles.

— Dr. Paulo é carinhoso e tem grande amor por mim, assim como eu tenho para com ele. Eu o compreendo. — diz a princesa.

Nina e Marta já são grandes amigas, uma não fica longe da outra. Paulo logo percebe e diz à mãe:

— Que bom que agora a senhora tem companhia.

— Sim, filho. Estou muito feliz com a minha nora, a princesa. Você tinha razão. Ela é linda e carinhosa. — responde a mãe.

Nina vem e pega a mão de Paulo, dizendo:

— Querido, a sua mãe é maravilhosa!

— Amanhã, vou ficar mais tempo no hospital. Vou fazer um transplante. Vai ser um pouco complicado. Preciso estar presente até que esteja em seu leito. — Dr. Paulo diz.

— Eu entendo ficarei fazendo companhia para a mãe. — fala a esposa.

— Eu te amo muito. — Dr. Paulo fica feliz e a abraça.

Eles vão ao almoço. Dr. Paulo volta para o hospital. Dr. António já almoça no mesmo hospital, com a falta de médicos especializados, clínico-geral e cirurgião. O trabalho pesa sobre os dois. Como aceitam vários convênios, são muitos os pacientes a atender.

A maternidade, dermatologia e o laboratório já são terceirizados, assim já é mais folga para Dr. António e Dr. Paulo, ficando eles como clínico-geral e cirurgião. O hospital fica famoso, recebem muitos pacientes de outras cidades e de cirurgias mais complicadas de outros hospitais. Isso faz com que Dr. Paulo e Dr. António tenham muito trabalho.

Dr. Paulo já teve contato com o engenheiro que ficou de lhe passar umas revistas com vários modelos de casa de férias. No dia seguinte, chega em casa, pois tinha passado o dia e a noite no hospital. Nina já estava com saudade, abraça-o. Dr. Paulo a beija e a abraça e diz à mãe Marta e à Nina:

— Eu falei sobre a casa que pretendemos construir no seu terreno. O engenheiro me falou que me mandará umas revistas no hospital, com vários modelos de boas casas de férias. Assim que concordarmos com uma escolha, iremos ver o terreno. Podemos visitar seu irmão. Nina fica feliz.

— Também gostaria de ir com vocês. — Marta diz.

— Sim. — diz Dr. Paulo. — Irá somente o engenheiro. Assim, seremos quatro. Vamos em um dia e voltamos no outro.

— Vai ser um lindo passeio. — Marta está tão feliz.

Nos dias seguintes, Dr. Paulo recebe as revistas de modelos de casas de férias e leva para Nina e Marta, que irão escolher ou transformar em outro estilo. Logo, foi escolhendo e planejando a viagem com o engenheiro para ver o local da casa e a posição de rua, com uma ligeira consulta à prefeitura. Preparam tudo para uma viagem de dois dias.

— Podem ficar mais uns dias. Já contratamos um clínico-geral e nesses dias os pacientes são menos. — Dr. António diz.

— Sim, é que o engenheiro tem compromisso, mas esses dias são suficientes. — responde Paulo.

Com tudo preparado, saem de partida bem cedo, Dr. Paulo, Nina e o engenheiro civil. Quando chegam, quase meio-dia, Dr. Paulo para o carro bem onde parou outra vez, perto da caçamba daquela churrascaria, e diz:

— Veja, Nina, aqui te vi pela primeira vez.

— Eu estava catando coisas daquela caçamba. Era uma mendiga.

O engenheiro ainda não sabia de nada e diz:

— Você era mendiga?

— Sim, mas eu já era uma princesa, antes e morava num castelo.

— Sim, Paulo me disse quando mandou construir aquele castelo. Mas então que história de mendiga é essa? — pergunta ele.

— Na volta, contaremos o que aconteceu. — Marta diz.

Eles vão almoçar. Quando entram, o proprietário da churrascaria diz à Nina:

— Não está com saudades?

— Sim, quis ver se a caçamba ainda estava aqui. — fala ela.

Todos começam a rir.

Quando começam a servir, vem o garçom que foi padrinho de casamento, o pai do menino que o Dr. Paulo curou, e diz a Paulo:

— O menino agora está sempre com saúde, graças ao senhor.

— Ele foi um dos padrinhos de casamento. Aqui foi a festa de nosso casamento. — diz Paulo ao engenheiro.

Eles almoçaram e foram ao terreno. Quando lá chegam, a fofoqueira de frente diz:

— Vão querer morar todos no barraco?

— Você quer nos ajudar? — Nina pergunta.

— Em que posso ajudar? Recolher recicláveis? Não acredito! — responde a fofoqueira.

— Como você quer que fique à frente da casa? — o engenheiro a chama.

— Seriam dois pavimentos com duas sacadas grandes, com janelas enormes e uma grande sala de festas, que serviriam para reuniões e anexo à cozinha, churrasqueira e com um pequeno palco de música para meu piano. — Nina diz.

— Quem cuidará de tudo isso? — pergunta ele.

— Sim, já pensamos sobre esse assunto. Como o terreno é de bom espaço, faremos uma estrada ao lado e uma pequena casa para um caseiro e jardineiro responsável. Poderá até ser um casal aposentado. — Dr. Paulo responde.

— Meu irmão, Carlos, passa todos os dias aqui e faz esse trajeto para entregar o leite. — Nina diz. — Pode sempre orientar o caseiro para que o jardim esteja sempre florido.

O local já tinha se transformado com o crescimento da cidade. O engenheiro gostou, achou lindo o local, com uma casa enorme na cidade e é muito valoroso.

Logo em seguida, vão visitar o irmão de Nina. Marta agrada as crianças dando-lhes uns presentes que comprara em São Paulo.

— Nossa, que lindas as crianças. Acho que vou ter netos assim. — diz Marta à Luiza.

— Sim. — responde Luiza.

— Amanhã, iremos à prefeitura. — diz Dr. Paulo.

Assim, despedem-se de Carlos e Luiza e seguem para o hotel onde jantam e pernoitam.

No dia seguinte, com documentação em mãos, seguem à prefeitura, no setor de edificação. Logo, retornam a São Paulo. Dr. António já os espera. Tem uma cirurgia para o outro dia.

Dr. Paulo descansa um pouco e retoma as atividades.

— Eu gostaria de completar os estudos da faculdade de Administração de Empresas, que tive que trancar a matrícula só faltando uns dois meses para a formatura. —Nina diz a Paulo.

— Muito bem, Nina. Vou ver como você poderá concluir seus estudos, amanhã te direi. — fala o marido.

Nina fica feliz, pois administra os bens que Dr. Paulo já possui. Tem um bom escritório no castelo que Dr. Paulo construiu, mas passam quase todo tempo na casa de Dr. António e Marta, seus pais adotivos.

No dia seguinte, Dr. Paulo fala à Nina:

— Querida, poderá concluir seus estudos a distância, tendo uma aula presencial por mês e de acordo com as provas. Você terminará os estudos.

Nina fica feliz e começa os estudos.

Nesse momento, Marta vem e diz:

— Minha filha, nossa casa é grande, por que vocês não vêm morar comigo? Dr. António está sempre no hospital e eu fico sozinha. Você é minha querida filha e amiga, nos damos tão bem. Você me alegra até quando está no piano com as canções e saímos juntas. Pode ocupar uma sala para o seu escritório e estudos. Aqui, tem as empregadas e atendentes e você fica à vontade. Paulo já está acostumado aqui.

— Mãe, vou falar com meu marido, ele deve resolver. — Nina responde.

— Sim. — diz Marta. — Mas você gostaria?

— Sim, mãe. É muito bom estarmos juntas.

No domingo, quando se reúnem, comenta Nina:

— Já comentei com Paulo. Podemos morar todos juntos e alugar a mansão.

— Seria muito bom. — Dr. António logo diz. — Agora, Marta tem companhia para ir ao shopping e fazer compras. Faremos um anexo na casa, quando vierem os netos, contratamos uma babá. Assim, Dr. Paulo tem mais tempo no hospital.

Tudo combinado. Começam a preparar a casa e uma pequena reforma. Dr. Paulo e Nina trazem seus pertences. Moram agora com Dr. António e Marta.

O castelo é locado para fins comerciais. Logo, foi locado para uma clínica. Nina administra os imóveis de Paulo.

Nina diz a Dr. Paulo:

— Estou grávida.

Dr. Paulo fica muito feliz. Conta à sua mãe.

— Sim, mãe, a senhora vai ganhar um neto.

Os três festejaram. Quando vem Dr. António, ele vê a comemoração, logo diz:

— O que vocês estão comemorando?

— Nosso neto vai chegar. — Marta responde.

A alegria se torna mais forte.

Nina já havia concluído os estudos. Agora, eles já moram com a mãe de Dr. Paulo, dona Marta, a qual ela quer muito bem.

Nessa mesma semana que fizeram a mudança, a casa ficou enorme.

Nina prepara o quarto menor para seu escritório, onde pode passar umas horas com Marta que chama de mãe. Tudo pronto. Vem mais uma surpresa quando Nina deixa uma espécie de livro em cima da mesa da sala. Marta olha e abre. Que surpresa! Era a agenda da princesa Nina.

— Filha, você está escrevendo uma agenda de tua vida? — Marta pergunta.

— Sim, mãe, está em cima da mesa. Terminei de escrever sobre a mudança. A senhora pode ler? Minha letra não é muito boa. Quero que um dia meus filhos saibam da minha vida.

— Que bom. Você pensa em tudo, querida. É muito importante que eles um dia vejam como era a vida da mãe que teve a experiência de princesa e mendiga. Devia ser difícil a princesa que só ficava no palácio só no balé, piano e luxo virar depois mendiga. — Marta diz.

— A parte mais difícil foi a falta dos pais. Ainda éramos adolescentes, sem dinheiro, faltando comida e contas que vinham para pagar, luz e água atrasadas. Então, vendemos o que podíamos vender. Quando tudo acabou, eu disse a meu irmão e ele foi até o armazém que nos vendia as mercadorias, contou a situação. O dono deu a meu irmão uma cesta básica e disse "vem trabalhar um pouco todo dia e eu te darei a comida". Tudo bem. Passaram-se uns cinco meses e eu disse a meu irmão que não podíamos ficar daquele jeito. Foi quando ele me disse "estudei Agronomia e vamos vender o castelo. Eu comprarei um sítio e você compra uma casa na cidade". Eu imediatamente concordei, fomos a uma imobiliária para avaliar nosso castelo. O dono já nos levou ver um sítio. Na volta, vimos uma casa antiga com dois galpões e uns quinze lotes, com uma quadra e meia, bem na entrada da cidade. Eu disse que aquele imóvel era o certo. O proprietário da imobiliária interessado no castelo já verificou aquele lugar e nos fez a proposta, pagando a diferença. Deu tudo certo e tudo feito, com toda documentação, mudamos.

— Que história que você passou! — Marta diz.

— Mãe, não me arrependo, porque eu sonhava toda noite que Paulo ia me buscar, pois eu quis o pacto para um esperar o outro e o mais lindo foi como ele me encontrou. — fala Nina.

— Você escreveu tudo? — Marta pergunta.

— Sim, mãe, desde minha infância no colégio com Paulo.

— Que lindo! — diz Marta. — Um dia quero ler. Sua mãe pode ler?

Logo vem Dr. Paulo e diz à Nina e à Marta:

— O construtor já começou a obra da casa de férias em Santa Catarina. Com certeza vai ser a casa da mendiga, que a vizinha da frente batizou como a casa dos sonhos da mendiga.

Nina e Marta começam a rir e dizem:

— Essa fofoqueira certamente vai inventar coisas que nem devíamos ligar.

— Foi muito bom construir essa casa. Eu e Dr. António já estamos com idade avançada, precisamos de um lugar de lazer de descanso para passar uns dias em um lugar sossegado. — Marta diz.

— Certamente vai ser uma casa de férias, mãe. Seus netos vão gostar. Haverá grande espaço e um lindo jardim e tudo próprio para lazer. — Dr. Paulo diz.

Nina já concluiu os estudos, já está com o seu diploma de Administração de Empresas. Paulo monta um escritório no hospital e contrata uma gerente que controla todo o proceder e repassa para o escritório de Nina. Dr. Paulo a elogia, pois ela controla muito bem os seus bens, mesmo completando logo sua gravidez.

Marta já tem preparado o quarto para o menino, pois seu neto logo nascerá. Dr. Paulo e Nina estão felizes.

— Vamos ter mais uma médica para nosso hospital. — Paulo diz à Nina.

— Sim. — diz Nina. — Mas a próxima será uma menina, porque eu também preciso de uma ajudante.

Tiveram que rir.

— Sim. — fala Paulo. — Seremos uma grande família, com a graça de Deus, já que nós dois fomos órfãos ainda na adolescência. Você teve mais sorte, seu tio o adotou, hoje doutor Paulo.

Novamente, tiveram que rir.

— Contudo, somos felizes e temos Deus no coração. — Nina diz.

Paulo abraça Nina e diz:

— Você sempre foi minha princesa e sempre será.

Nina já está próxima a dar luz à criança. Vai até o seu escritório do hospital, dá a instrução à secretária e vê o quarto que vai ficar na maternidade, que Dr. António tinha reservado.

Dr. Paulo vai em casa para tomar café com sua mãe, entra no escritório de Nina e vê em cima da mesa a agenda da princesa Nina. Logo, começa a ler a parte do namoro no colégio e começa a recordar todo o passado. Que maravilha em seu pensamento!

— Sabe que Nina está escrevendo um diário? — pergunta ele à mãe.

— Sim. — diz Marta. — Ela deixou que eu lesse. É maravilhoso. Ela disse que ia mostrar um dia a seus filhos.

Nina chega do hospital. Dr. Paulo a abraça e a beija.

— Você me fez recordar todo passado. Gostei de ler sua agenda que deixou em cima da mesa. — diz ele.

— Então, você gostou? Vamos mostrar um dia a nossos filhos. Mas, meu querido Paulo, ainda não escolheu o nome para nosso filho que chega logo. Você vê alguns nomes que hoje à noite Dr. António faz o plantão.

— Vou ficar com você e podemos escolher. — fala o marido.

— Tudo bem. — Nina fica feliz.

Então, Nina escolhe o nome de Marcos. Dr. Paulo gostou.

— Começa com M igual a meu nome. — diz Marta, gostando do nome.

Todos ficaram felizes.

Marta sempre agrada a Nina.

Nos últimos dias de gestação, Nina mostra à Marta todo trabalho do escritório:

— Caso alguém precise de informação. Quando Marcos nascer, virá logo para casa. Eu sei que tudo ocorrerá bem.

— Não se preocupe. — Marta diz.

— Me leve à maternidade. — fala Nina a Paulo.

De imediato, leva-a. A criança já nasce no mesmo dia.

Marta fica feliz em ganhar um neto e Dr. António

— Que bom, Marta. Não temos filhos, mas temos netos.

— E o nome dele é Marcos. — Marta ri.

— Vamos ver se tem o dom da Medicina. — Dr. António diz. — Vou mostrar a ele o hospital desde pequeno, como aconteceu com Dr. Paulo, que desde jovem acompanha as cirurgias no hospital. Foi cuidador, acompanhante e enfermeiro e estudou Medicina. Com esse sacrifício, tornou-se um médico famoso.

— Você tem razão. Dr. Paulo é um médico famoso. — Marta diz. — É nosso filho. Agora esperamos nosso neto, já que estamos ficando idosos, precisamos nos divertir e curtir um pouco com os netos.

O parto de Nina ocorreu bem. Já no terceiro dia, Nina vai para casa com o filhinho, Marcos. Que alegria! Assim que Nina se recupera, retorna às atividades, tanto do escritório como do controle do hospital. Logo, pede uma reunião com seu marido, Dr. Paulo, Dr. António e Marta:

— Como vamos aplicar as reservas que temos? — disse, mostrando o lucro e despesas da obra em Santa Catarina. — Como devemos aplicar o restante?

— Nina, você administra tão bem, o que você acha que deveríamos aplicar no quê? — Dr. António diz.

— Já temos uma clínica e cinco bons apartamentos. Poderíamos aplicar em algumas lojas, assim teríamos quatro modos de aplicação, o hospital, clínica, apartamentos e comércio. Se alguém entrar em crise, os outros rendem. — Nina responde.

— Nina, minha filha, você tem uma boa ideia. Assim, o futuro de nossos netos está garantido. — Dr. António fala.

— Temos ainda uma boa reserva. — Nina ainda mostra.

Todos gostaram e deixaram para que Nina resolva. À noite, Dr. António diz à sua esposa, Marta:

— Veja, nossa nora/filha tem experiência. Nem parece que foi mendiga, parece mais como princesa.

— Acho que ela já esqueceu essa parte, mas está escrevendo uma agenda de sua vida para que um dia seus filhos a leiam. — Marta logo diz.

— Ela é muito inteligente e tem muita experiência de vida. Foi educada como princesa. Nosso filho tem muita sorte em encontrá-la. — Dr. António ainda fala. — Ele sabia que seria uma ótima companhia para nós. Ela é agradável conosco, que já estamos com certa idade, e compreende a nossa profissão de médico, que somos chamados a qualquer hora de emergência.

— Sim. — diz Marta. — Já tenho observado tudo isso. É uma ótima esposa para nosso filho. Vamos agradecer a Deus por eles.

Nesse momento, vem Dr. Paulo e diz:

— O construtor da casa de férias está quase na fase de cobertura.

— Nosso filho, Marcos, é tão pequeno, não podemos viajar. Precisamos que complete dois a três meses para irmos. Vamos passar o pagamento da parcela e avisar que iremos no acabamento da obra. — Nina diz.

Dr. Paulo gostou da ideia de Nina.

— Estava na imobiliária e tem duas lojas boas à venda ótimas para locação. — Dr. António diz à Nina. — Você e Paulo vão ver se é conveniente a compra das duas.

Em seguida, Dr. Paulo e Nina vão fazer uma visita aos imóveis. Logo, veem que é um bom negócio e é um bom investimento. Consultam Dr. António e efetuam a compra. Nina inclui mais dois imóveis em seu escritório e fica contente com tudo bem aplicado, pois já é uma boa renda familiar.

— Minha filha, quando Marcos crescer mais um pouco, vamos ao shopping gastar um pouco. — Marta diz.

— Já temos de tudo e até já contratamos uma babá para nosso pequeno Marcos. — Nina ri. — Estou tão feliz, mãe, que nem me lembro mais dos tempos de dificuldades e de mendiga, pedindo no comércio para guardarem para mim os recicláveis. Mas para mim foi uma experiência de vida e uma lição que aprendi como viver na pobreza. Meu irmão sempre queria morar com ele, eu só queria proteger meu patrimônio e esperar por Paulo. Sonhava à noite que tinha um pacto de um esperar por outro.

Marta acha isso muito interessante e diz:

— Isso é obra de Deus. Vocês dois se dão tão bem. Nunca vi tanto amor.

Nina continua a cuidar de toda empresa hospitalar e negócios da família. Logo o irmão de Nina telefona, dizendo:

— Agora, podemos conversar, já temos telefone no sítio. Quando vêm para casa de férias? Está ficando um palácio e vai ser muito lindo. Estamos esperando vocês.

— Não, vou juntar recicláveis só para passar uns dias. — Nina diz.

— Como a obra está?

— Já estão colocando vidros e ficou muito linda. — Carlos diz.

— Vou combinar com meu marido e te ligo. — Nina diz.

Quando Dr. Paulo vem do hospital diz:

— Meu irmão ligou e agora tem telefone no sítio. Me disse que nossa casa de férias está quase pronta e ficou linda.

— Vamos passar um fim de semana e faremos uma visita rápida. Visitamos teu irmão e veremos um bom jardineiro para um belo jardim de frente e um pomar de fundos. Pagaremos mensalmente que cuide de tudo. — Paulo diz.

Logo na próxima semana, Nina, Marta e Paulo vão à cidade de Santa Catarina e veem a casa de férias que está quase pronta. Visitam o irmão de Nina, Carlos, e Luiza e levam presentes também para os filhos de Luiza, que agora já estão grandinhos.

Nina e Marta os convidam para visitar São Paulo e ficarem uma semana em sua casa com as crianças, pois será uma recordação para eles. Logo, as crianças de Carlos, Celina e Gilberto, pedem a Paulo que os levem à sorveteria.

— Tio, como aquele dia.

— Sim. — Paulo diz.

Ele convida Nina e Marta.

— Vou ficar com Luiza que vai mostrar o pomar, leiteria e plantação. — Marta diz.

Quando chegam à sorveteria, o proprietário já pergunta:

— Como está a vida de princesa?

— Ótima! Estou com dois escritórios e já me formei. — diz ela.

— Nossa! — responde ele.

— Temos um filhinho que ficou com a babá e com meu pai, que também é médico. Ficamos a maioria do tempo no hospital. Nina administra o hospital e os bens da família. Ela é uma ótima administradora. — conta Paulo.

O senhor ficou muito admirado. Com uma grande casa de férias, admira-se com a potência deles e Paulo pega e lhe entrega um cartão e diz:

— Se for nos visitar, ficaremos felizes. Pode ir com a família.

O proprietário da sorveteria fica contente. Ele que guardava os recicláveis para Nina, mendiga, mas fica feliz e serve mais sorvete para as crianças.

Logo no outro dia, voltam para São Paulo. Quando lá chegam, Marta conta a seu marido, Dr. António, sobre o sítio do irmão de Nina, senhor Carlos e Luiza, que mostrou sua plantação, fruticultura e leiteria e que já não quer mais entregar o leite. Ele mesmo industrializa em uma fábrica de queijos e manteiga.

— Os convidei para nos visitar. São um casal muito querido. Eles têm duas crianças muito lindas e bem-educadas. — fala Marta.

— Quando tirarmos férias, iremos os visitar e comprar queijo e o leite, o que precisarmos. — Dr. António diz.

— Ah, meu querido, a casa está ficando muito linda. Precisamos pensar em mobiliar tudo de acordo com o projeto. É perfeita para nós, já com idade um pouco avançada, temos trabalhado tanto. Temos o direito de férias. — responde ela.

Nina continua atuando no escritório. Quando Dr. Paulo vem e diz para Nina:

— Quando batizamos nosso filho, Marcos, quem pegaremos para padrinhos?

— Pensei em Dr. António e Marta.

— Não podemos deixar o hospital. Somos clínico-geral e cirurgião. — Dr. Paulo fala.

— Vou falar com a gerente do escritório do hospital. Parece que me falou que são católicos. Vou ver se querem ser padrinhos de Marcos. — diz Nina.

Nina fala com a secretária Ana se ela quer ser madrinha de Marcos. Ana diz:

— Vou falar com meu marido, José.

Ela fica feliz com o convite. Logo nos primeiros dias, Ana pergunta qual é a data e se precisa de algo para o batizado, pois Marcos já está quase com um ano. Nina vai à sua paróquia e marca o dia com a secretária do batizado. Passa a ela o dia e hora e Ana e José ficam muito contentes. Nina marca um encontro para um café na casa de Ana e José.

Nina e Paulo se sentiram muito bem e à vontade na casa de Ana, que os recebeu com tanto carinho.

— Que tarde maravilhosa! Eu estava precisando de uma tarde fora de minha profissão, que é muito cansativa e de grande responsabilidade. — Dr. Paulo diz a José.

— É bom tirar férias duas a três vezes por ano. — diz José.

— Para o próximo ano está prevista a finalização de nossa casa de férias. Vocês já estão convidados para nos acompanhar em nossas férias em Santa Catarina. — e Dr. Paulo fala.

— Tudo bem, iremos. — José diz. — Eu sou gerente de uma empresa e me empenho muito no crescimento dela. Posso tirar férias duas a três vezes por ano. Isso faz com que tenhamos novas ideias. Abrir a mente faz bem à saúde.

— No próximo ano, está perto. Vamos aplicar esse sistema, já combinei com meu pai, Dr. António, e minha mãe, Marta. Vamos contratar mais um clínico-geral e cirurgião, para termos mais folga e para que o hospital não fique com falta de atendimento de emergência, pois já temos grande parte do hospital privatizado e recebemos só o aluguel que Ana faz os controles e repassa à Nina. — Paulo conta.

Assim, despedem-se, até o dia do batizado.

Nina deixa o escritório todo em ordem, a renda do hospital, da clínica, dos empreendimentos e das lojas comerciais. Começa a fazer o balanço do ano, tudo concluído. Marca um horário, porque deve apresentar a Dr. Paulo, Dr. António e Marta, que ficam felizes ao verem uma administração tão perfeita, com os lucros e despesas. Viam o ano como rendoso.

— Dr. António e Marta, pai e mãe, vocês devem tirar umas férias, a casa está quase pronta e podemos mobiliá-la, primeiro o quarto. Podem fazer as refeições no hotel. — Nina ainda diz.

— Só depois do batizado do meu neto, Marcos. — diz Marta.

Dr. António também gostou da ideia.

Logo chega o dia do batizado de Marcos.

Marta e Nina preparam um belo almoço. A conversa se estende até à tardinha. Dr. Paulo vai ao hospital e faz plantão até outro dia. Quando volta, diz à Nina:

— Estou feliz, querida, com a escolha desse casal para padrinhos de nosso pequeno Marcos.

— Eu também estou feliz com eles. — Nina diz.

Tudo ocorreu como esperavam. Logo, Marta começa a comprar algo para viagem, uns presentes para Luiza e seus filhos, Celina e Gilberto.

Dr. António combina com Paulo os detalhes do hospital. Nina diz:

— O senhor não se preocupe. Vamos cuidar de tudo muito bem. Podem tirar férias. Levem uma cozinheira.

— Vamos comer no hotel, como vocês fizeram quando Paulo te encontrou. Vamos só dormir na nova casa. — Marta diz. — Eu ligo para você quase todos os dias. Vamos nos divertir com as crianças de Luiza. Te contarei tudo, como é a casa e o povo e tudo mais.

Tudo pronto. Partem bem cedo. Dr. António e Marta chegaram quase três horas da tarde, pois fizeram algumas paradas. Chegam ao hotel e pedem acomodação. Jantam e logo se identificam com a proprietária, falando de Dr. Paulo, mas eles não mais se lembravam de Dr. Paulo.

— Conhece Nina, a mendiga, que recolhia recicláveis? — então Dr. António falou.

— Sim. Agora me lembro de Dr. Paulo e Nina. Eles fizeram aqui suas refeições. — responde a proprietária.

— É meu filho. Ele ficou tomando conta do hospital e Nina cuida dos escritórios. Nós vamos ficar uns 15 dias aqui de férias. Paulo nos recomendou que fizéssemos nossas refeições aqui. Nossa casa de férias está quase pronta.

— Sim. Eu vi a casa, é linda. Já começam no jardim e é digna para uma princesa. — a dona diz.

Marta fica feliz. Eles vão jantar e descansar.

— Amanhã, vamos à casa e à casa de Carlos e Luiza. — dizem.

No dia seguinte, quando chegam à casa de férias, Marta se surpreende com o jardim e a frente da casa toda envidraçada, com sacadas lindas. Certamente era a casa mais linda da cidade.

Quando entram na casa, que maravilha! Algumas peças já estão decoradas. Dr. António e Marta se admiram com o espaço da casa e jardim. O jardineiro está preparando o jardim dos fundos com árvores frutíferas. A construtora com os reparos finais no meio-fio, calçada e restante dos muros. Os pintores já estão finalizando. Marta verifica toda casa:

— Que maravilhosa! Será que encontramos móveis dignos para este imóvel aqui?

— Amanhã, vamos a algumas lojas da cidade. Se não encontrarmos, deixamos para nosso filho, Paulo, e para Nina que vejam. Vamos decorar apenas nosso quarto, algo para o banheiro e as refeições faremos no hotel. — Dr. António diz.

— Tudo bem. Vejo o sossego que aqui se encontra. — Marta comenta.

— É próprio para as férias que precisamos e precisamos sair do barulho de São Paulo. — o marido responde.

— Está quase na hora de irmos almoçar. — ela fala.

Eles vão ao hotel e almoçam. Após comerem, passam por algumas lojas, mas não encontram móveis desejáveis. Assim, continuam no hotel.

No dia seguinte, vão à casa de Carlos e Luiza, que os recebem muito bem. Marta entrega os presentes que tinha comprado e Carlos já pergunta de Nina e Dr. Paulo.

— Estão muito bem. Meu neto, Marcos, está uma gracinha. — Dr. António diz.

— Meus filhos já estão na aula e só vão estar em casa à tarde. — Carlos conta.

Eles comentam sobre a casa que mais parece um palácio.

— Ficou linda. — Carlos diz.

— Fomos em algumas lojas de móveis e não encontramos nada de especial que nos servisse. Queremos decorar somente o quarto. —Dr. António logo fala.

— Tem aqui uma fábrica de móveis sob medidas e que trabalha somente com madeira especial. É caro, mas garantido. — Carlos diz.

— Vamos até lá, se tiver um tempinho. Assim será melhor fazer do gosto de Marta.

Marta também foi. Quando chegam à fábrica, Marta logo vê o acabamento de um jogo de quarto já pronto para entregar. Ela gostou do acabamento e viu que usam material de primeira.

— Quero que veja o quarto e faça um projeto, não só o quarto, toda decoração. Temos pressa do projeto. Ficaremos só uma semana. Quando pronto, Carlos pagará o restante. Meu filho, Dr. Paulo, e minha filha, Nina, virão. Se estiver de gosto deles, vocês decoraram e mobíliam toda a casa.

O proprietário da fábrica vendo a casa, diz:

— Mas é uma mansão.

— Sim. — diz Marta. — Tudo precisa ser de primeira, pois Nina, minha filha, que morava aqui era mendiga. Hoje, é formada, uma princesa, é muito exigente. Tem razão, cuida da renda do hospital e dos negócios da família, cuida de dois escritórios em São Paulo.

— Já ouvi falar da princesa e da mendiga, que morava aqui. — o senhor diz.

— Elas são a mesma pessoa. Ela é minha filha. — Marta conta.

— Como a princesa e a mendigam são a mesma pessoa? — o senhor ainda diz.

— É uma longa história. — Marta fala.

No segundo dia, leva o projeto e o orçamento para Marta. Ela acha razoável e paga o sinal e o restante fica com Carlos, irmão de Nina, que pagará.

Dr. António e Marta se dirigem ao hotel, onde estão hospedados para as férias. Logo, voltam à obra da casa que agora está praticamente pronta. Marta pergunta à dona do hotel se há alguma costureira especializada em cortinas. A senhora passa o endereço para Marta, que conta ao seu marido, Dr. António:

— Ainda vou ligar para Nina.

— Mãe, pode ser de seu gosto, pois temos gostos iguais. As suas cortinas são lindas. — Nina fala ao telefone.

Logo à tardinha, vem a costureira. Marta gostou de seus modelos e marcou para o dia seguinte para tirar as medidas que são muitas. Marta liga novamente para Nina:

— Gostei dos modelos da costureira. Tudo está tão lindo. Na casa, você vai se admirar de tudo que está sendo feito. Todos dizem que é uma mansão. Mas não tenho visto a fofoqueira que você falou. Ela não apareceu nenhuma vez. As outras vizinhas são queridas e estão estranhando.

— Ela deve estar doente, parece que é sozinha. É bom bater lá na casa dela, pode ser que esteja precisando de algo. — Nina diz.

— Sim. — responde a sogra. — Vou pedir que uma das vizinhas me acompanhe.

Marta pede para a vizinha mais próxima que também está se estranhando. As duas vão bater na porta e escutam uma voz que dizia:

— Entra. A porta está aberta.

As duas entram a fofoqueira doente, já quase de cama, pergunta:

— Quem são vocês?

— Eu sou tua vizinha. — diz a vizinha.

— Sou mãe de Nina, a tua vizinha que está fazendo a casa nova, aqui à sua frente. — Marta fala.

— Aquele lugar é assombrado. Eu vi duas mendigas e uma princesa que desapareceu. — a fofoqueira diz.

Marta começa a rir.

— É minha filha e está em São Paulo, cuida das contas do hospital, do escritório dos bens da família. Você quer um médico? Vou chamar Dr. António. — Marta pergunta.

Dr. António a examina e diz:

— Eu vou até a farmácia comprar o remédio. Logo volto e dou os remédios a ela.

— Antes era Dr. Paulo que veio buscar a mendiga e curou o menino do garçom da churrascaria. Agora Dr. António. — a vizinha fala.

— Sim. — diz Marta. — Dr. Paulo é nosso filho adotivo, ele se casou com uma mendiga. Agora ela é a princesa e já tem um filho, meu neto Marcos.

A vizinha fica admirada.

Dr. António ainda aplica uma injeção e dá um remédio para tomar de duas em duas horas:

— Amanhã estará melhor. Quero te ver. — diz ele.

Ela agradece e pede desculpas por ser grosseira:

— É meu jeito e sempre fui assim, me incomodar com os outros e não cuidar de mim mesma.

— Quer que mandemos alguém fazer um ensopado para você? É preciso se alimentar bem. — Dr. António pergunta.

A vizinha se oferece e ela aceita a ajuda da vizinha.

No dia seguinte, Dr. António visita sua paciente e a encontra bem melhor e disposta. Ele lhe oferece um café. Ela agradece novamente a Dr. António, que diz:

— Você deve se cuidar e tomar os remédios. A senhora precisa de uma companhia e recomendo que saia passear e fazer o que gosta, para não entrar em depressão.

Dr. António fica feliz em encontrá-la melhor. Marta liga para Nina e conta:

— De fato, a fofoqueira estava doente e Dr. António a atendeu. Já está bem, já pode continuar fofocando.

Nina teve que rir, Marta ainda diz:

— Mandei fazer e decorar o quarto para uma indústria de móveis, se você gostar e o serviço ficar perfeito, você poderá decorar o restante da casa. As cortinas, vou mostrar-lhe uma foto. Fomos a uma costureira de cortinas. São lindas, como temos muitas vidraças, elas formam uma parte da decoração. Vou desligar, já é hora de almoço. Hoje vamos almoçar na churrascaria.

Quando entram, o garçom que atendia Dr. Paulo já pergunta:

— O senhor e sua senhora são pais de Dr. Paulo?

— Sim. Dr. António responde.

— Foi ele que curou meu filho e eu que o servia aqui. Como estão? — pergunta o garçom novamente.

— Ele ficou tomando conta do hospital, enquanto eu e minha esposa tiramos férias. — Dr. António conta.

— Foi tão engraçado quando pela primeira vez Dr. Paulo jantou aqui com a mendiga e estava com seu príncipe, não se conheceram, só foram descobrir no outro dia. — o garçom ainda diz.

— Hoje em dia, ela toma conta de dois escritórios e já é mãe de um neto, Marcos, e é muito querida. Já terminou seus estudos. É muito inteligente e criativa em obras, projetos de decoração. Ela e Marta são do mesmo gênio e se acertam muito bem como mãe e filha. — Dr. António diz.

Logo, o garçom apresenta Dr. Antônio e Marta ao proprietário da churrascaria, dizendo:

— Estes são os pais de Dr. Paulo e da princesa que encontrou aqui na lixeira.

Dr. António teve que rir.

Eles foram muito bem recebidos. À tarde, vão à casa de Carlos e Luiza e levam as crianças, Celina e Gilberto, para a sorveteria. Ainda, passam na costureira que os acompanha, para confeccionar as cortinas. Ela tem novamente as medidas de tantas cortinas e um lindo modelo. Para o dia seguinte, já tem o orçamento e tempo de entrega. Tudo preparado. A casa vai ficar linda, com o jardim, o pomar, uma casinha para um caseiro e zelador do imóvel.

Dr. Paulo e Marta perguntam de algumas cidadezinhas e já têm a informação de uma cidade. Resolvem visitá-la e partem logo após o café da manhã.

Eles almoçam em um restaurante daquela cidade e voltam à tarde. Vão descansar no hotel. Dr. António diz para Marta:

— Amanhã, vamos ao cemitério onde está sepultado meu irmão. Vamos fazer uma oração.

Ainda, param onde era o sítio de seu irmão e onde era o castelo dos pais de Nina. Quando voltam, já é tarde e vão para o hotel para descansar.

No dia seguinte, voltam para casa de férias e fazem os últimos ajustes com os construtores no final de obra, terminando os canteiros, calçada e meio-fio. Está tudo tão perfeito, mais parece uma bela mansão.

A vizinha fofoqueira já os chama e conta que está se cuidando bem, agradece e manda um abraço à Nina. Ela pede desculpas por ter a ofendido e agora vê nas vizinhas, uma grande amizade e conversa com todas e diz:

— Graças a Dr. António que mudou toda a sua vida.

Marta vê a mudança daquela fofoqueira. Logo se agrada e diz:

— Sempre vigie nossa casa, já que você mora de frente e vê tudo, pois aqui só temos bons vizinhos.

Todos ficam contentes.

— Mas as férias estão quase acabando. Só ainda temos uma semana e podemos receber as cortinas, que devem ser lindas, e os móveis ainda ficarão prontos só dentro de 15 dias. Se prolongarmos mais uma semana, podemos receber também os móveis.

— Vou pensar e ligar para nosso filho para saber como estão as cirurgias no hospital.

Quando Dr. António liga para o hospital e fala com Dr. Paulo, logo diz:

— Temos marcado para dentro de 15 dias um transplante e logo em seguida duas cirurgias de risco. Podemos fazer o seguinte, Nina poderá ir com a babá e Marta poderá ficar. — diz o filho. — Pode vir para o transplante. Precisamos de uma junta médica. Vou falar com Nina e poderão ir por via aérea até Curitiba. Poderão alugar um carro por um dia e o senhor volta com o mesmo a Curitiba, pega o primeiro voo.

Nina e Marta sabem decorar a casa. António gostou da sugestão. Dr. Paulo fala com Nina que concorda e diz:

— Nosso filho, Marcos, já pode viajar.

Nina providencia as passagens e liga para Marta na hora que chegam ao aeroporto de Curitiba:

— Vou alugar com motorista em Curitiba, que nos leva até vocês e Dr. António volta com o mesmo carro, volta e pega o primeiro voo a São Paulo.

— Tudo bem. — responde Marta. — Assim fica melhor. Ficamos nós duas para decorar o restante do imóvel.

Tudo ocorreu como previsto. Nina e Marta já se encontram no imóvel de férias e Dr. António volta com o mesmo carro alugado ao aeroporto. As mulheres ficam com o carro de Dr. António. Nina se admira com a beleza da casa e do jardim que tanto sonhou em ver sua propriedade toda transformada e reformada, como uma princesa sonhava. Quando vê nos fundos o pomar, piscina coberta e uma quadra de vôlei e de outras atividades nem acredita e diz à Marta:

— Que linda casa!

— Vai entrar que você vai ver como é linda por dentro, não é só aparência por fora. — Marta diz.

— No projeto, não é o mesmo que ver a casa pronta e linda. Os terraços e o salão envidraçado. — Nina ainda diz. — Como eu imaginava morar numa casa assim e ser uma mendiga, impossível.

Marta e a babá tiveram que rir, pois a babá não sabia o passado de Nina.

— Às vezes, tenho saudades da vida de mendiga.

A babá fica curiosa e diz à Marta:

— É verdade que foi mendiga?

— Sim. Antes já era uma princesa e morava em um castelo. — responde Marta.

Então, a babá fica ainda mais curiosa.

— Me conte como foi a vida de Nina.

— Amanhã lhe contarei.

Nina, ao entrar na casa, emociona-se com o tamanho e com a beleza da casa. Logo, pergunta:

— É nesta semana que vêm as cortinas?

— São todas feitas à mão e sob medida. São lindas. A costureira vai colocá-las amanhã. — Marta diz.

Nina, antes de ir ao hotel, vai à casa de seu irmão, Carlos, e Luiza para apenas se cumprimentarem.

A costureira liga para Luiza dizendo que colocará parte das cortinas no dia seguinte. Nina fica feliz.

— Que bom que vocês estão cuidando de nossas coisas. — diz ela à cunhada.

Logo, ligam da fábrica de móveis para montar parte dos móveis também no dia seguinte.

— Que coincidência! Mal eu vim e me surpreendi com a beleza da casa. Agora, já com parte das cortinas e móveis. — Nina fala.

— Mandei fabricar e decorar o meu quarto. Se você gostar, mandaremos decorar o restante do imóvel. — Marta diz.

— Móveis diretamente da fábrica são melhores. Podemos decorar a gosto da gente. — Nina fica feliz.

— É verdade. Fomos a várias lojas de móveis e não encontramos nada de nosso gosto. — Marta conta.

Nina, Marta e a babá vão ao hotel. A proprietária cumprimenta Nina, abraça-a, pega o menino no colo e diz:

— Já estávamos com saudades de você.

— Eu também. Vocês estão guardando os recicláveis para mim? — diz Nina brincando.

Todos têm que rir, menos a babá que fica espantada, pois ainda não sabe da história de Nina. Marta logo teve que contar.

No dia seguinte, após o café, vão ao imóvel e a costureira já estava com sua equipe montando e colocando as cortinas, as quais ficaram lindas. Nina a elogia. Logo, vem o montador de móveis e começa a decoração do quarto de Marta e Dr. António. Mais tarde, vão visitar a vizinha, agora já recuperada. Quando ela vê Nina, elogia-a pela bela casa, chama-a de princesa e vê a babá com a criança.

— É meu filho. — Nina logo diz.

— É meu neto. — Marta completa.

— Pelo tamanho da casa, vão ter mais quantos? — a vizinha pergunta.

— Queremos pelo menos três. — conta Nina.

— Agradece novamente a Dr. António. Graças a ele, estou bem. — a vizinha fala.

— Ele teve que voltar ao hospital, pois já tinha marcado um transplante de fígado e duas cirurgias de risco. — Marta diz.

— Sei que vai ocorrer tudo bem. Ele é um bom médico. — fala a vizinha.

Como estava à frente de sua casa, viram que a senhora das cortinas já havia terminado. Então, despediram-se da ex-fofoqueira e foram verificar as cortinas que ficaram lindas. O montador já estava com parte dos móveis montados.

Nina vendo o material de primeira diz à Marta:

— Vou mandar fazerem meu quarto igual ao seu.

— Muito bem. Você tem bom gosto. — Marta diz.

No dia seguinte, Nina vê o quarto de Marta e pede para que o projetista venha para projetar o orçamento para cozinha, sala de jantar e quarto de Nina e do bebê.

O projetista diz:

— Vou tirar as medidas e começarei o projeto hoje mesmo.

— É bom. — Nina diz. — Temos mais três dias e depois precisamos estar em São Paulo. Precisamos pôr os negócios em ordem no escritório do hospital. Meu irmão, Carlos, ficará responsável pelo restante do pagamento.

— Tudo bem.

Marta, Nina e a babá se dirigem ao hotel. A casa já havia ficado linda com as cortinas e com o jardim florido.

— Quando tudo ficar pronto, vocês venham tirar mais uns dias de férias. — Nina diz.

— Sim, já estou gostando desse povo. Todos são tão felizes e gentis. — fala Marta.

Logo no dia seguinte, vem o proprietário da fábrica de móveis junto ao projetista, João, que logo conheceu o local e diz:

— Nossa, aqui era uma casa antiga com dois galpões, que foi vendida a uma senhorita que se dizia que era princesa. Outras vezes que aqui passei via senhoras guardando recicláveis nos galpões. Logo me contaram que a velha casa caiu numa tempestade e morreu uma das catadoras e uma sobreviveu. Estou surpreso vendo uma mansão.

Nina e Marta começam a rir e João pergunta:

— Qual a razão de rir?

— A sobrevivente é ela, Nina, a princesa. — Marta diz.

— Mas como? De catadora à princesa?

— É que meu príncipe veio me buscar. Eu já era princesa dele no colégio. Conhece o castelo que hoje é um escritório e imobiliária naquele bairro? — Nina conta.

— Sim, eu fiz alguns móveis para seu escritório e imobiliária.

— Eu nasci naquele castelo e, depois que meus pais morreram, quase passamos fome, eu meu irmão. Meu príncipe do colégio também morava perto e seus pais morrem. Seu tio que é médico o adotou e ele hoje também é médico, me encontrou por acaso catando lixo. — Nina diz.

— Nossa, que história fantástica! Vão morar aqui na mansão? — pergunta ele.

— Não. É uma casa de férias. Temos um grande hospital e muitos médicos. É uma profissão muito cansativa e uma clínica. Eu cuido de dois escritórios e já estamos fazendo falta. Partiremos depois de amanhã bem cedinho. Meu irmão, Carlos, faz os acertos com o senhor. Entra em contato comigo ou com Marta, se precisar de algo. — fala Nina.

— Mas que interessante! Foi um amigo meu que negociou este imóvel com aquela imobiliária e agora me encontro fabricando os móveis. — conta ele.

— Depois tem mais, gostei do projeto. Quero material de primeira. Quando terminar, em dois ou três dias, voltamos ver e combinar para o restante dos móveis. — Nina diz.

Tudo combinado. O dia já quase terminou. Ainda se dirigem à casa do irmão de Nina, Carlos e Luiza. Despedem-se, dizendo:

— Nos telefonem quando tudo estiver pronto.

Elas seguem ao hotel, acertam as contas:

— Amanhã tomamos café bem cedo. Vamos para casa. Nina é uma boa motorista.

Ao meio-dia chegam a São Paulo.

Logo, Nina vai ao escritório para pôr tudo em ordem e Dr. António diz:

— Ainda bem que você gostou do lugar. Nós já estamos com certa idade. Podemos nos aposentar e morar lá.

— Sim. Você está pensando bem, já trabalhou muito. Nosso filho, Paulo, dá conta de tudo e Nina o ajuda. Podemos morar lá e um pouco aqui também. — Marta diz.

Dr. António concorda.

Nina já pede à babá para levar o menino à escolinha e o menino Marcos está gostando. Nina cuida das finanças e controla tudo e Marta acompanha e diz a seu marido, Dr. António:

— Nina dá conta de tudo e controla todos os imóveis, hospital, clínica e imóveis, e os gastos e lucros e sempre me põe a par das coisas que eu nem sabia antes. Ainda, reserva um tempo para sairmos juntas às compras ou a um pequeno passeio ao shopping. É uma verdadeira filha, nunca me senti tão feliz e bajulada.

— Dr. Paulo também é um bom filho e companheiro. Sempre concorda com tudo e nos damos muito bem. Como médico, parece que tem mais fama que um profissional. Gosto muito do jeito do atendimento no consultório. — Dr. António diz.

— Dr. Paulo é bem dedicado aos pacientes e ao hospital. — Marta diz. Nina compreende e sabe como a profissão obriga o médico.

Já passados 15 dias, Carlos liga dizendo que parte dos móveis estão sendo montados e com material de primeira:

— Quando estiver tudo pronto, ligarei. Luiza e as crianças mandam um abraço e todos já estão com saudades.

— Logo chegaremos. — Marta diz. — Podíamos comprar um carro para deixarmos lá e irmos de avião. Seria uma opção e não cansaríamos tanto ou locar um carro o tempo que ficarmos. Assim que os móveis estiverem prontos, iremos outra vez nós duas. Dessa vez, levaremos a cozinheira e a babá.

— Eu pedirei que meu irmão leve o piano e algumas coisas que lá estão guardadas. Podemos já passar alguns dias em nossa casa, só precisamos comprar algumas roupas de cama, mesa e banho. É bom aproveitarmos enquanto Marcos é pequeno e depois ficamos com mais dificuldade de viajar com crianças. Pois vou te contar uma novidade, mãe. — fala Nina.

— Conta logo, Nina. — Marta fica curiosa.

— Depois contarei. Ninguém sabe.

Marta já desconfia. Logo mais tarde, Nina conta:

— Mãe, estou grávida. Vou contar ainda hoje para meu marido, Paulo, que vamos ter mais um filho.

Marta fica feliz e diz:

— Ainda vou ver meus netos crescerem. É bom que Marcos tenha companhia.

Quando Dr. Paulo chega, Nina já diz:

— Vou lhe contar uma novidade.

— Então, conte logo que já estou curioso. — fala ele.

— Estou grávida. — conta ela.

— Que presente que você me dá! Isso merece uma comemoração. — Dr. Paulo a abraça e diz. — Vamos marcar um jantar e a babá vai ter mais trabalhos.

Nina fica feliz e telefona para sua secretária do escritório do hospital, madrinha de Marcos, e a convida para o jantar:

— Venha que vou lhe contar uma novidade.

Com mais uns dias, Carlos, irmão de Nina, liga:

— Os móveis da casa estão prontos e ficou lindo e bem decorado. Quando você vem?

— Vou combinar com Paulo. — responde Nina. — E vou te pedir um favor ainda, levar o piano e minhas coisas e deixar no salão de festas. Quando chegarmos, já teremos as louças e tudo mais. Podemos permanecer na casa.

— Tudo bem. — diz Carlos. — Quando vierem está tudo no lugar.

Nina conta a seu marido, Dr. Paulo, que a casa de férias já está toda decorada.

— Eu gostaria que Dr. António e Marta, que já estão com certa idade, saíssem de férias, mas é preciso que você veja primeiro se tudo está em ordem e com condição de morar, se precisa de algum reajuste e mesmo como equipamento de banheiro, algo do salão da piscina e outros. — Paulo responde.

— Tudo bem. Vou só com a mãe Marta para pormos tudo em seu lugar. As minhas coisas que deixei na casa de meu irmão e o que faltar nós compramos nas lojas que lá tem.

— Cuide de nosso filho que está em você! — Dr. Paulo diz.

— Ah, meu querido. É nossa riqueza, nossa continuação de vida, é um dom precioso que Deus nos dá. Vou cuidar muito bem.

Com mais uns dias, recebem um novo telefonema de Carlos:

— Está tudo como você, minha irmã, me pediu e Luiza ajudará você a pôr tudo em ordem.

— Vou falar com meu marido e dizer-lhe que vou deixar tudo em ordem no escritório. Irei com Marta e ficaremos uns três ou quatro dias. — Nina diz. — Tudo está pronto e é só pôr tudo em seu lugar e comprar algo que falta, coisas miúdas, tais como roupa de cama. Assim não precisamos parar no hotel.

— É bom, porque nosso pai diz que já está cansado e eu o vejo que precisa descansar e de conforto. Ele gostou da casa e do povo de lá. Acho que vai querer férias e passar um tempo de descanso.

— Marta também gosta. Ela ficou tão feliz quando viu aquele jardim e a beleza da casa, o pomar, a piscina coberta, salão de festas, quartos para crianças e empregada. Tudo perfeito para morar.

Dr. Paulo fica feliz em saber tudo e diz para a princesa:

— Você realizou tudo. Isso é ainda muito mais se deu vida à nossa família. Eu te amo muito.

— Também te amo e agora já vamos ter nosso segundo filho. Vou querer três filhos, se possível que sejam médicos. — Nina diz.

Dr. Paulo começa a rir.

Marta, animada para viajar, começa a preparar suas coisas e compra presentes para as crianças de Carlos e Luiza. Nina pede à secretária do hospital que cuide de tudo enquanto estiver ausente. Já com as passagens compradas, Paulo os leva até o aeroporto. Logo pela manhã, alugam um carro em Curitiba e chegam em Santa Catarina. Ao avistarem a casa que ficou maravilhosa, Nina diz:

— Que jardim lindo! Quantas flores lindas.

Dirigem-se à casa de seu irmão, Carlos, e Luiza, que os esperam. As crianças agora já crescidinhas vão ao colégio. Nina e Marta os cumprimentam.

— Precisamos comprar algo para dormirmos.

Dirigindo-se à casa de Nina, dizem:

— Nossa! Que móveis lindos.

Já começam a preparar as louças.

— Vamos primeiro às lojas comprar as roupas de cama e banho que precisamos para hoje ou vamos para o hotel. Quando tivermos comprado tudo, paramos em um mercado e compramos uns alimentos e café, paramos também em numa panificadora. —Marta diz.

— Eu ainda sei cozinhar. — Nina fala.

Luiza já leva algumas frutas, legumes, queijo e doces que fabrica e leite fresco que Nina gosta mais. Tudo comprado.

Nina e Marta já começam a arrumar as louças. Nina tinha ainda do castelo tudo de luxo, pois tinham muitas coisas que dividiu com seu irmão, Carlos. Para ajeitar tudo, Carlos e Luiza também vão ajudar no dia seguinte.

Assim, cada uma ajeita seu próprio quarto. Logo, descansam.

No dia seguinte, já de manhã, Carlos e Luiza chegam, mas Nina e Marta ainda estavam dormindo. Ao baterem à campainha, levantam-se. Luiza diz:

— Vou fazer o café para vocês. Podem descansar mais um pouco. Eu trouxe pão fresco e leite.

Já começam a preparar a mesa e tomam café juntas.

— Vou te contar uma novidade. — Nina diz à Luiza.

— Conta logo. — pede Luiza.

— Estou grávida. — Nina fala.

— Que bom! Marcos terá companhia. — Luiza diz.

— O espaço aqui é grande. As crianças podem brincar à vontade. — Marta fala.

Assim, já com quase tudo em ordem, começam a fazer o almoço. Dessa vez, não veio a cozinheira.

— Nina, você sabe cozinhar? — pergunta a cunhada.

— Ah, ainda me lembro. — responde ela.

— Vocês não sabem fazer comida. — Luiza teve que rir.

— Sempre tivemos cozinheira. Depois que se casou, sempre cuida das finanças e do hospital e só fica no escritório. — Marta logo diz.

— Vou fazer um bom almoço para vocês. — Luiza diz rindo.

Ainda, vão ajeitando as coisas no lugar. Marta vê o piano e começa a tocar. Nina fica admirada e pega sua sanfona e toca junto.

— Que lindo hino! — Luiza diz.

Carlos também vem nesse momento e pergunta:

— Estão precisando de ajuda?

— Não, mas eu vou fazer o almoço para eles e você pode ir adiantando o almoço em nossa casa. — Luiza diz.

— Muito bem. — Carlos fala.

Feito o almoço, comem. Tudo pronto e em ordem. Ainda dão uma passadinha pela cidade. Já à tarde, preparam-se para no outro dia regressarem a São Paulo, pois o trabalho os espera.

Nina já liga ao aeroporto e compra as passagens. Com o motorista, vão até o aeroporto e regressam a São Paulo. Ela já começa a pôr tudo em ordem no escritório e fala a seu marido para agendar uma consulta médica para ver seu estado de gravidez e Marta acompanha. Logo após a consulta, começam os pré-natais. No segundo, pré-natal veem que será uma menina. Todos ficam felizes, até o pequeno Marcos que já está com mais de dois anos.

— Mãe, vou ter uma irmãzinha. — diz ele à mãe.

Nina acha graça e ri.

Dr. António e Dr. Paulo como cirurgiões muitas vezes são chamados a outros hospitais para um transplante ou cirurgia de risco. Eles também foram convidados a dar aulas em faculdades, mas tiveram que recusar, pois seu hospital é tradicional e com certa fama, com algumas reservas.

Nina diz em uma reunião da família:

— Alguém tem um plano para um investimento? Pois já estamos com uma boa reserva.

— Já temos cinco apartamentos, três boas lojas e uma clínica. Podemos investir em uma clínica de oftalmologia, hospital de olhos, laboratório já temos em nosso hospital. — Dr. Paulo diz.

— Podemos.

Começam a pensar em um local.

— É uma boa ideia ainda que a família vá aumentar. — fala ele.

— Ah, sim. — diz Nina. — Ainda vou querer mais um para que a família fique completa.

Terminando a reunião, Dr. Paulo e Dr. António se dirigem ao hospital e comentam:

— Nina é decidida. É uma excelente economista. Veja, nossa vida de médico é difícil, quase temos todo nosso tempo ocupado no hospital, nem podemos curtir a vida com a família. Quando pensamos em ter uma folguinha, já nos chamam para uma emergência.

— É rendoso. Mais uns anos podemos terceirizar o restante do hospital e morar em Santa Catarina. — Dr. Paulo diz.

— Está certo. — Dr. António concorda. — Eu já estou idoso, mas você pode ainda continuar um pouco. Veja, temos alguns médicos em nossos consultórios, com os convênios, o hospital já é tradicional. Vamos continuar mais um pouco com horários reduzidos.

Chega o dia do parto de Nina. Ela já está na maternidade. Dr. Paulo diz:

— Querida, que nome vai dar?

— Você se lembra de Marcos? Demos o nome antes de nascer e só agora você lembrou. — Nina riu.

— Nina, já falei com o pai para reduzir nosso horário de trabalho e ficar mais com você, querida esposa. Vamos curtir mais nossos filhos.

— Que bom. Eu já fiquei muito tempo sozinha quando era mendiga. Agora, a vida é tão linda. — Nina diz.

Nisso. vem Marta e diz:

— Quero ver minha neta. Ela vai ser uma princesa.

Nina teve que rir de novo, lembrando a sua situação de princesa, quando namorava Paulo e fez o pacto com ele de sempre um esperar pelo outro e pelo amor.

Logo, ela deixa a maternidade e vai para casa. Os dias vão passando e o pequeno Marcos já vai para o colégio. Nina cuida das finanças e logo liga para imobiliária, avisando que gostaria de comprar um imóvel grande que servirá de clínica ou um terreno de bom tamanho e boa localização para clínica e deixa seu telefone.

Encontram um bom terreno em uma boa localização. Dr. Paulo e Dr. António vão ver e gostaram do terreno. Compram, pois era um bom negócio, ótimo para uma clínica de oftalmologia ou hospital de olhos. Logo, pedem ao engenheiro e construtor o projeto e uns rascunhos de uma construção de clínica.

— Primeiro, vamos batizar nossa filha, com o nome de Larissa, princesinha. — Nina diz.

Tudo está em bom andamento. Os projetos chegam ao escritório de Nina. Logo, ela marca uma reunião de família, expõe os projetos e diz:

— Podemos escolher o melhor e contratar e a obra começará.

— Já tive um contato com Dr. José, oftalmologista, ele ficou muito interessado. — Dr. António logo diz.

— Que bom. Se nossos filhos gostarem de medicina, terão até a escolha que desejarem. — Nina fala. — Estão crescendo depressa. Marcos já está no colégio e Larissa já correndo por toda casa.

Certo dia, Dr. António já se encontra cansado e diz a Dr. Paulo:

— Acho que vou tirar umas férias na casa de férias em Santa Catarina.

— Sim. São férias merecidas. Eu dou conta do hospital. — Dr. Paulo fala.

Marta prepara tudo. Eles irão de carro e ficarão por um mês. Quando chegam, a vizinha da frente, a ex-fofoqueira, vem agradecer Dr. António e logo diz:

— Não vejo mais a mendiga e nem a princesa. Está tudo tão triste, mas agora vocês vêm dar alegria à casa.

— Sim. Viemos ficar um tempo aqui. Aqui, é sossegado e em São Paulo é muito agitado. Nina teve uma menina chamada Larissa e já está grandinha e meu neto Marcos já no colégio. Estamos construindo uma nova clínica. Nina toma conta de tudo em seu escritório. — conta Marta. — Dessa vez, veio comigo a cozinheira que também vai tomar conta da casa. Vamos ficar por uns dias. Dr. Paulo dará conta do hospital com outros médicos contratados.

Logo, eles ligam para Nina:

— Como estão indo as coisas?

— Está tudo controlado. Não se preocupem e descansem e se divirtam, pai e mãe, vocês merecem. — Nina diz.

Dr. António e Marta estão gostando das férias e do lugar agradável com pessoas acolhedoras. Até já fizeram muitas amizades.

Logo, Dr. Paulo liga e diz:

— Tudo está bem, pode ficar tranquila. Nina vê a construção e os planos de pagamentos. Tudo está bem.

Certo dia Dr. Paulo vai pegar seu filho Marcos no colégio, e o menino pergunta:

— Pai, é verdade que no hospital você corta as pessoas?

— Quem lhe disse isso? — pergunta ele.

— Os meus colegas. Eu falei que queria ser médico igual ao meu pai, que tem um hospital.

— Olha, filho, às vezes é preciso fazer uma cirurgia e é preciso um corte, mas é para curar. Um dia vou pedir para tua mãe te levar conhecer todo hospital. Gostei que você quer ser médico e curar as pessoas.

Dr. Paulo conta à Nina e ela fica admirada que o filho tão cedo já comenta o desejo da profissão do pai. A pequena Larissa já corre por toda casa.

— Como as crianças crescem rápido. — Nina diz.

— Você deve ligar para Marta que já deviam estar de volta. — Dr. Paulo diz.

Nina liga para Marta que diz:

— Não queria incomodar vocês, para não ficarem preocupados. Dr. António não estava passando muito bem, mas já está se recuperando e não queria dirigir na BR. Eu também não sou muito prática.

— Aqui, está tudo bem. Vocês podem ficar mais uns dias. O que Dr. António sentiu e qual foi o seu problema? Se precisar de algo, é só ligar. — Nina diz.

— Um pouco é a idade e um pequeno resfriado que já está passando. — Marta conta.

Quando Nina conta a seu marido, Dr. Paulo, ele logo diz:

— Deveria um de nós estar com eles, são nossos pais que já estão com certa idade, mas lá estão bem.

— Eles têm a cozinheira, o jardineiro e meu irmão, Carlos, que podem olhar por eles. Já vou ligar para que sempre olhem para estarem confortável. — diz Nina.

— Já venho observando Dr. António. Ele já estava cansado, já não fazia mais plantão no hospital. — conta Dr. Paulo.

— Nosso filho, Marcos, está bem no colégio. Dei uma olhadinha em suas matérias e vi umas pesquisas sobre medicina, como pode ainda no colégio? Larissa já está soletrando. As crianças de hoje são muito inteligentes. Eu gostaria de ter mais um filho. Será possível? — logo Nina diz.

— Claro que é possível. — Dr. Paulo concorda.

Nina começa a rir.

— Estou preocupado com nossos. — continua ele.

— Sim. — diz Nina. — Vamos ver como estão. Se estiverem bem, vamos deixá-los. Caso haja algum problema, trazemos para casa.

Nina gostou da ideia.

Logo na outra semana, eles vão ao encontro dos pais e os veem na maior felicidade.

Dr. António logo diz:

— Sei que você dá conta de tudo e não preciso me preocupar. Também sabia que viria para nos ver.

— Sim, pai, tudo está bem. — responde ele. — Não se preocupe, a nova clínica de oftalmologia já está em funcionamento, é mais uma boa renda. Essa é a novidade que queria lhe contar. Nina cuida muito bem.

— Tudo bem. Você cuida das coisas. Eu vou ficar por mais umas semanas aqui e logo estarei acostumado em ficar definitivamente aqui, se o senhor gostar, tudo bem. — diz Dr. António.

Paulo começa a rir.

— Vamos nos aprontar que amanhã vamos sair bem cedinho. — Nina vem e diz.

— O avô também vai? — Larissa pergunta.

Marcos, já de mais idade, diz:

— Não. O avô gosta daqui e aí tem piscina e a vó toca piano e até tem um salão para dançar. Eu gosto dessa casa.

No dia seguinte, regressam a São Paulo e logo Nina põe o escritório em dia e anota em sua agenda. Dr. Paulo vai ao hospital e tudo normal. Nina leva Marcos e mostra todo hospital e Marcos fica admirado tanta gente doente e na maternidade quantas criancinhas e diz:

— Papai e o avô cuidam de tudo isto?

— Sim, mas tem outros médicos trabalhando e a maternidade é terceirizada, recebemos aluguel.

— Ah, que bom!

Deixam o hospital e dirigem-se à do castelo e diz para Marcos:

— Teu pai construiu este castelo para nós morarmos e é igual onde eu morava quando eu era jovem. Eu era a princesa. Um dia você e Larissa vão compreender a minha história e a de Paulo, pai de vocês.

Assim que Marcos conhece a clínica e o hospital, Nina diz:

— Filho, outro dia eu lhe mostrarei a nova clínica, também as lojas e os apartamentos.

Marcos fica curioso e faz a pergunta:

— Ser médico dá tanto?

— Sim. — diz a mãe. — Mas é preciso controlar bem tudo e ser um profissional famoso, atender bem todo cliente, principalmente os mais chatos e indiferentes. São eles que fazem a propaganda.

— Mãe, que bom que me diz essas coisas, pois quero ser um bom médico, como papai.

Marta e Dr. António voltam e Marcos e Larissa os abraçam e dizem:

— Que saudades, vovô.

Nesse dia, descansam. No dia seguinte, Dr. António já vai ao hospital com saudades, mas diz a Dr. Paulo:

— Logo, vai ter de deixar de trabalhar. Eu mesmo percebo que é a idade e o cansaço já me aflige.

Dr. Paulo o anima e diz:

— O senhor é forte. Construiu esse hospital gigante e tem todo direito de férias e folgas.

Nina abraça Marta e diz:

— Já estávamos com saudade, mas vou lhe contar uma coisa que ninguém sabe.

— O que foi? — perguntou Marta.

— Vou ter outro filho. — conta ela.

— Que bom! Agora, são três netos e era o que eu queria, parabéns filha, amanhã contarei a meu marido, ele vai ficar feliz. — Marta diz. — Agora, Marcos já logo vai à faculdade, quer ser médico. Vai ser uma família de médicos, Nina está feliz e diz que é para isso que o pai Dr. António construiu um grande hospital.

— Nossa filha Larissa também já pergunta "o pai cura os doentes", eu disse sim e médico é pra isso. — fala Nina.

Nina registra tudo em sua agenda e a deixa em cima da mesa e vai para o escritório. Ela registra todos os acontecimentos e renda do hospital. Por acaso, Marcos está em casa, vê a agenda da mãe e começa a ler desde o começo. Ele acha tão interessante o castelo e a princesa Nina, depois a mendiga Rita e a própria princesa mendiga. O encontro emocionante de Dr. Paulo, o pai, na lixeira da churrascaria. Tudo tão emocionante.

Marcos fica curioso e admirado da espera de cada um, como namorado em sonho, logo vai ao escritório da mãe e pergunta:

— Mãe, quem é mandinga Rita?

— Quem lhe contou isso? — a mãe assustada diz.

— Mãe, a senhora deixou sua agenda em cima da mesa. — responde ele.

— Eu a esqueci de guardar e você leu? — pergunta curiosa.

— É claro, mãe, e é linda a história.

— É a história. Eu passei por tudo isso. — Nina diz.

— Se contar para alguém que a senhora já foi mendiga, ninguém acredita, e você não pode contar isso. — Marcos diz.

— Só vou lhe contar que tudo isso foi uma experiência muito produtiva e linda. Ser uma catadora de recicláveis é uma experiência boa, se não fosse assim, teu pai não me encontraria. Pergunte a ele como começou a medicina, que ele mesmo pode contar. É muito bom para quem quer seguir o mesmo ramo. Ser médico é mais difícil que mendigar.

— Mãe, posso ler toda sua agenda? — Marcos pergunta.

— Sim, filho, pode. — ele diz.

Marcos continua a ler toda agenda da mãe e vê que é importante ter uma agenda e anotar todo passado da vida. Nesse momento, vem seu pai, Dr. Paulo, e diz lendo agenda da mãe:

— Sim, pai eu pedi a ela e disse que podia. Pai, o senhor também tem uma agenda?

— Não, filho, por que você pergunta isso?

— Ah, pai, achei muito interessante a agenda da mãe. O senhor pode me contar como o senhor começou a gostar da medicina?

— Claro, filho, lhe contarei desde o começo. Eu morava com meus pais verdadeiros e já ia à escola. Lá, eu conheci uma menina linda, era uma princesa chamada Nina, só podia namorar no colégio e não me deixavam nem me aproximar do palácio. Então, fizemos um pacto de um esperar pelo outro para nos casar. Era um pacto verdadeiro. Como minha mãe veio a falecer, meu pai ficou muito triste e logo faleceu. Meu tio que é médico em São Paulo me adotou e vendeu o sítio e depositou o dinheiro em meu nome. E não vi mais a princesa. Mas um dia eu iria buscá-la. Como meu tio era médico, todo dia ia ao hospital e eu ia junto. Muitas vezes, fazia o papel de acompanhante. Ainda na escola, fiz um curso de enfermeiro técnico. Então, já acompanhava meu pai adotivo. Logo, passei para faculdade, escolhi Medicina. Como todo dia acompanhava o que estava estudando e via na prática, assim me formei mais cedo. Meu pai adotivo disse para construirmos um hospital. Assim, foi. Eu já tinha 18 anos e era médico. Meu pai diz "é preciso aplicar bem seu dinheiro". Compramos três apartamentos. Sempre dizia para o pai que sonhava toda noite com a princesa Nina. Como era já um médico famoso, mandei construir um castelo igual ao que Nina morava. Fui buscá-la e não mais a encontrei, mas comecei a sonhar mais ainda. Com um tempo, fui de novo e nada de encontrá-la. Então, quando comprei um lindo carro conversível e disse a meu pai "vou ficar uns três dias na cidade para encontrá-la". Foi quando a encontrei na lixeira da churrascaria.

— Que história! — Marcos diz.

— Não é história, é verdade. — fala o pai.

— O senhor nem precisa de agenda. Está tudo na memória. Pai, posso ir com o senhor ao hospital e fazer visita aos doentes?

— É claro. — diz o pai. — Te levarei.

— Eu vou fazer Medicina. — fala Marcos.

Quando chegam ao hospital, Dr. Paulo conta a Dr. António, que ficou muito admirado, e diz:

— Ainda bem. O hospital vai ficar em boas mãos com meu neto médico.

Larissa também já no colégio e diz para mãe:

— Eu também quero ir ao hospital e ver como papai trabalha e o consultório do avô.

— Amanhã, tenho consulta. Você vai comigo. A enfermeira vai te mostrar os consultórios e os quartos dos enfermos, enquanto eu estiver em consulta. — Nina diz.

Larissa logo se encanta com as enfermeiras que são gentis. Uma delas pergunta à Larissa:

— Você gostaria de ser médica?

— Quando entrar na faculdade, vou fazer Medicina. Ano que vem, vou fazer um curso de Enfermagem.

— Que bom. — diz a enfermeira. — Vou ter companhia.

Assim, foi mostrando o consultório do pai. Ela fica surpresa. Logo, vai ao consultório do avô que também se surpreende. Dr. António diz:

— Se você se tornar médica, vou deixar este consultório para você.

— Primeiro, vou ser enfermeira, mas vou fazer Medicina, como o senhor. — Larissa diz.

O avô teve que rir e ficou muito contente.

Quando Nina sai da consulta de pré-natal, já sabe que é um menino. Passa na secretaria do hospital e conta a novidade à Ana, sua comadre, e diz:

— Marcos já vai ingressar na faculdade e vai fazer Medicina e Larissa já grande indo ao colégio. Vou ter outro bebê.

Ana já lhe dá os parabéns. Nesse momento, vem a enfermeira com Larissa e Ana logo vê como Larissa cresceu e já diz brincando:

— É preciso crescer depressa que o hospital precisa de médicos.

Todos tiveram que rir.

Assim termina o dia.

Já nos dias seguintes, Marcos começa a acompanhar o pai no hospital, após a faculdade, e já acompanha pequenas cirurgias e ajuda os enfermeiros. Já de jaleco acompanha as visitas. Com as enfermeiras, visita os pacientes e trata todos com carinho e de bom humor. Já contam ao avô que todos gostam de Marcos que vai visitar os pacientes. Quando Dr. António conta a Dr. Paulo que os pacientes estão gostando da visita de Marcos estão gostando dele e que Marcos os trata muito bem, Dr. Paulo fica feliz. À noite, conta a Nina e diz:

— Marcos vai dar um bom médico.

— Fui ao pré-natal ontem. Vamos ter mais um menino. — Nina diz.

— Mais um para medicina. — Paulo fica feliz.

— Nossa! Que bom se for, está dentro dos planos da família. — responde ela. — Vamos comemorar! Mandei fazer um bom jantar para nós.

— Nossa! — diz Dr. Paulo. — Eu nem sabia que você sabia cozinhar. Pensei que ficasse só no escritório.

— Tá me gozando. Se eu não cuido da parte financeira, quem vai cuidar? — Nina diz.

— Você é linda e minha princesa. — Dr. Paulo a abraça. — Temos já um homem e uma linda mocinha, agora mais uma criança, não é lindo, Nina?

— Sim, meu querido.

Dr. António, logo nos dias seguintes, vem e diz a Dr. Paulo:

— Eu já estou próximo dos 90 anos. Estou com vontade de deixar de atender como médico, descansar e morar lá na casa de férias. Lá é tão sossegado e com um povo acolhedor. Meus pais estão enterrados lá e meu irmão, teu pai Justino, e tua mãe, Margarida. Eu quero ficar por perto de lá e ainda curtir aquela piscina. Já falei com Marta que seus parentes são da cidade vizinha. Mas iremos após o nascimento do neto.

— Pai, tudo bem. Nós os visitaremos sempre. Aqui daremos conta e sempre os informaremos de tudo. — Paulo diz.

Naquela noite, Dr. Paulo precisa tirar plantão no hospital. No outro dia, diz à Nina:

— Querida, o pai e a mãe querem ir morar lá na casa de férias. Ele me disse que já está cansado e perto dos 90 anos. Quer ser sepultado lá, pois lá é nossa terra-natal. Então concordei. Tua mãe também está sepultada no mesmo cemitério.

— Sim, querido. Marta já me falou alguma coisa. — concorda ela.

— Então, já sabe.

— Sim. Concordei, pois Dr. António e Marta gostam de morar lá. Podemos sempre que puder visitá-los.

— Tudo bem. Nosso filho Marcos está se dando muito bem na faculdade e até parece que tem uma namorada lá, diz que é amiga de estudos da Medicina. Ele a convidou para juntos visitarem os pacientes do hospital. Eu fiquei feliz e concordei que as próximas visitas farão juntos. Te conto tudo e como é ela. — Paulo diz.

— Não acha que é muito cedo para nosso filho? — Nina pergunta.

— Quando fizemos o pacto de não se separar, era uma menina. — Paulo diz rindo.

Ambos têm que rir e se abraçar.

— Marta já está preparando algumas coisas que vai levar e já falou com a cozinheira que vai junto e já ensinando a outra para culinária que vai ficar. — Nina ainda diz.

Chegou o dia de Marcos levar sua colega visitar os pacientes. Logo que chegam ao hospital já de jaleco, encontram seu avô:

— É minha colega de faculdade.

— Sou Dr. António, avô de Marcos.

— Eu sou Leonisse. Estou na mesma série de Marcos. — conta ela.

— Ah, muito bem. Precisamos de novos médicos, pois já estou me aposentando.

Nesse momento, chamam Dr. António.

— Ele é dono do hospital. — Marcos diz.

— É verdade? — pergunta Leonisse.

— Foi ele que mandou construir o hospital. Uma parte foi terceirizada, a maternidade e o laboratório. Minha mãe cuida dos escritórios do hospital e clínicas e de outros. Mas vamos às visitas.

Marcos repara como Leonisse se apresenta aos clientes. Logo, vê que é carinhosa. Os dois chegam a um paciente com muita dor. Leonisse o agrada e o anima, ele começa a rir.

Marcos logo diz:

— Você tem muito jeito. Quer vir amanhã depois da aula?

— Sim, é muito bom aprender na prática. — responde ela.

Logo, vão ver ainda seu pai, Dr. Paulo, no consultório. Marcos a apresenta:

— Esta é minha colega de faculdade.

— Sou Leonisse e estamos na mesma turma.

Não puderam conversar muito. Dr. Paulo tinha muitos pacientes a atender. Ele diz:

— Amanhã, vamos conversar mais.

— Sim, virei amanhã com Marcos.

À noite, Dr. Paulo chega em casa e encontra Marcos estudando. Ele pergunta como a moça se comportou perante os pacientes.

— Ah, pai eu mesmo não esperava que saísse tão bem. É carinhosa e sabe até acalmar quem tem maior dor. Deixei que ela mesma atendesse e me surpreendeu, se saiu tão bem.

— Então, se apronte. Amanhã, vão participar de uma cirurgia.

— Tudo bem. Vamos ver como se vai comportar.

Quando Leonisse chega em casa, já conta à mãe:

— Lembra do colega de classe que te falei? O Marcos me leva até o hospital onde visita os pacientes. O que foi mais curioso, mãe, é que encontramos seu avô, Dr. Antônio, e Marcos me diz que o hospital é dele e foi ele que mandou construir. Ele já tem quase 90 anos. Só agora pensa em se aposentar. E mais, mãe, fomos até o consultório de seu pai e estava atendendo uma fila de pacientes. Não pudemos falar muito, ficou para amanhã falaremos mais ainda. Marcos me disse que parte do hospital eles terceirizaram e que têm outras clínicas. Então, amanhã virei um pouco mais tarde. Vamos visitar o restante do hospital.

— Que interessante! Eu sonhei que você tinha um namorado na faculdade. — responde a mãe.

— Nossa, mãe, é só um amigo. — fala ela.

— Mas você disse que gosta dele.

— Sim, mãe, mas está tão focado nos estudos que nem percebe. Eu também gosto de estudar, mas aprender na prática é diferente. Mãe, a medicina é importante. Eu vi no hospital tanta gente sofrendo e outras felizes por receberem alta e estarem melhor.

No dia seguinte, após a faculdade, Marcos diz à Leonisse:

— Hoje, vamos participar de uma cirurgia. Você não vai ter medo do corte?

—Eu não, estudo para isso. — responde ela.

Quando chega o paciente já anestesiado, começa a cirurgia e Leonisse se sai muito bem. Dr. Paulo diz:

— Vai ser uma ótima médica.

Marcos fica contente, pois pensa em pedi-la em namoro.

À noite, Dr. Paulo conta à Nina:

— Querida, veja, a amiga de Marcos se saiu muito bem e vi que Marcos gostou e penso que vai ter um namoro.

Leonisse, quando chega em casa, já diz a mãe e pai:

— Hoje, participamos de uma cirurgia e Dr. Paulo disse que me saí muito bem. Também vi que Marcos ficou feliz e me olhou como se quisesse me falar algo.

— Quem é Marcos? — o pai logo pergunta.

— Pai, só um amigo de faculdade. Dr. António é o avô dele, dono do hospital.

Chega o fim de semana.

Marcos pergunta à Leonisse:

— Quer vir no domingo ao hospital? Pois nos domingos eu visito os mais necessitados, os de menos visitas e os da UTI.

— Ah, sim, Marcos. — responde ela.

Marcos percebe que Leonisse gosta dele.

No domingo, visitam os mais necessitados e carentes de visita. Quando se dirigem à UTI, ainda no corredor, Marcos fala:

— Quero perguntar uma coisa a você.

— Diga, Marcos.

— Veja, Leonisse, somos amigos há tanto tempo, desde o começo da faculdade, e você quer ser minha namorada, e minha noiva?

— Sim, Marcos. — Leonisse abraça Marcos.

Nisso, vem a enfermeira de plantão e diz:

— Já podem visitar os da UTI.

Os dois realizam as visitas.

— Vamos dar a notícia a meu pai. Ele deve estar no consultório. — Marcos diz.

Vão e dão a boa nova a Dr. Paulo, que fica feliz e diz:

— Vocês vão se dar muito bem, pois têm o mesmo objetivo de vida.

Como havia consultas, tudo foi rápido.

— Ao sairmos do hospital, vamos para minha casa. Damos a notícia à minha mãe e depois posso te levar em casa. Falarei com teus pais.

Leonisse fica tão feliz e abraça Marcos.

— Que bom você é decidido e quer tudo de acordo. Vejo que você gosta de mim, e eu te amo.

Logo, chegam à casa de Marcos e sua mãe Nina vê Marcos chegando de mãos dadas com uma moça e já imagina.

— Mãe, é minha namorada, Leonisse. — Marcos logo diz.

Os dois entram e já contam tudo, seus estudos juntos, seus planos, que ambos querem ser médicos e ter seus consultórios próprios.

— Não. Vocês têm que continuar no hospital. — Nina logo diz.

Nina manda fazer um café. Conversam um pouco e Marcos diz:

— Mãe, vou levar Leonisse para casa e falar com os pais dela. Eles ainda não sabem. Vou voltar um pouco mais tarde.

Quando chegam à casa de já de mãos dadas, já percebem que estão namorando e Marcos se apresenta a Joaquim e Ana, pais de Leonisse. Logo, perguntam:

— Vocês estão juntos?

— Sim. — diz Marcos. — Temos os mesmos planos. Queria pedir a vocês para namorar com Leonisse, é sério e já nos conhecemos bem.

Então, Joaquim e Ana falam quase juntos:

— Sim. Você é bem-vindo em nossa família.

Marcos fica feliz.

Assim, a mãe de Leonisse faz um café e conversam. Marcos se despede e vai para casa.

Os pais de Leonissa logo perguntam:

— Você gosta mesmo de Marcos?

— Sim. Eu o conheço desde os primeiros tempos de faculdade. Vamos nos dar muito bem.

Logo, vem o irmão de Leonisse e diz:

— Vocês querem ser médicos? Onde vão morar Leonisse?

— Você, José, não está fazendo Engenharia Civil? — Leonisse logo diz.

— Sim. — responde o irmão.

— Então, pode fazer nossa casa.

Quando Dr. Paulo chega em casa, diz à Nina:

— Querida, vamos ter dois médicos na família em breve.

— Sim, já sei. Ela é muito simpática e carinhosa.

— Pelo que percebi, têm os mesmos planos e já visitam os pacientes e simulam diagnósticos. Quando participaram da cirurgia, vi que ela tem todo o jeito de ser uma boa médica e é isso que desejamos para nosso filho.

— Gostei da menina, é simples e não é orgulhosa. — Nina ainda diz. — O importante é os dois se amarem.

— Eu já sabia que essa amizade se tornaria namoro. — Dr. Paulo diz.

— Quero só que sejam felizes. — Nina fala.

Logo, Larissa vem contando:

— Eu também vou ter um ótimo namorado.

Nina começa a rir e Paulo pergunta:

— Por que está rindo?

— Você não vê, meu amor, nossos filhos já adultos? O nosso nenê pequeno ainda vai nascer, não é de rir?

— Sim. — diz Dr. Paulo. — Mas precisamos levar em conta que nossos pais, Dr. António e Marta, no mês que vem, vão morar em Santa Catarina na casa de férias. Tudo está ocorrendo tão rápido.

— Carlos me ligou e disse que tudo está indo bem em sua indústria do sítio e comentei com ele que nossos pais vão morar na casa. Pedi para que sempre fosse ver como estão, que já estão com idade avançada, precisam de cuidados. — Nina diz.

Marta prepara as coisas e Dr. António descansando pensa:

— Eu dirigir tantos quilômetros, já sou muito idoso, pode ser perigoso.

Nesse momento, vem Marcos e diz:

— Vô, quer que eu vá dirigindo para o senhor? Pois é muito cansativo para o senhor, posso levar minha namorada, que pode nos acompanhar com meu carro. Eu volto à tarde.

— Mas ela dirige bem? — pergunta contente Dr. António.

— Sim. — diz Marcos. — Sempre dirige quando seus pais viajam. Larissa pode ir junto com ela, pois também gostaria de ver onde vão morar.

Dr. António comenta com Dr. Paulo e Nina, eles dizem:

— Marcos é bom motorista, já tem idade e é responsável.

Então, Dr. António aceita e põe parte da bagagem no carro de Marcos.

Marcos vai conversar com os pais de Leonisse, sua namorada, e consegue o consentimento. Leonisse e Marcos combinam de sair bem cedo e chegar pelo meio-dia, almoçarem na churrascaria e ver a casa onde Dr. António e Marta vão morar. Eles irão voltar no mesmo dia.

Tudo combinado para o dia da saída.

No dia seguinte, vem Leonisse e diz:

— Meu irmão, José, gostaria de ir conosco e conhecer o lugar.

— Sim. — concorda Marcos. — José vai gostar.

Chega o dia da partida, Leonisse vem cedo com seu irmão, José. Ele se apresenta a Dr. António e Marta. Despedem-se de Nina e Dr. Paulo, Leonisse e José também se despedem.

— Vocês três vão me acompanhar. — Marcos fala.

Logo no embarque, Larissa diz:

— Vou ficar no banco de trás conversando com José.

Nina ouvindo isso logo fala a Paulo:

— Acho que ela gostou de José, me deu uma impressão, meu querido.

— Eu também tenho essa impressão e vi que José é um bom moço e educado. — responde o marido.

— Será que eles vão bem? — Nina ainda diz.

— Claro. Não se preocupe. Eu tenho percebido que Marcos é bem responsável. — Paulo diz.

Em viagem, Larissa conversa com José:

— O que você estuda?

— Eu ainda não sei, mas já era para eu estar na faculdade. Só vou ano que vem. Ainda não sei em que área. Minha irmã queria que fizesse Medicina, como ela, mas não gosto de cirurgia. E você, Larissa?

— Eu vou para faculdade ano que vem, mas vou fazer Medicina, na área de oftalmologia. São poucas cirurgias e não ocorre sangue, não precisa ter medo. — diz ela rindo.

— Acho que vou no teu palpite. É rendoso e todos quase usam óculos devido às telas da tecnologia. — então José diz.

— Sim. — diz Larissa. — Há falta de médicos nessa área, diz meu pai.

— Então, Larissa, podemos nos matricular juntos.

— Sim, José.

Logo, chegam à primeira parada. Marta liga do carro para Larissa:

— Diga para Leonisse que vamos dar uma paradinha, para um cafezinho.

— Sim, tudo bem.

Logo que param, Leonisse abraça Marcos e diz:

— Ah, acho que Larissa gostou de José.

— Como? — Marcos pergunta.

— Os dois ficaram conversando o tempo todo. — conta ela.

— Que bom e eu vi nele um bom moço. — Marcos diz.

Leonisse fica contente e abraça Marcos.

Eles entram na lanchonete já perto de Curitiba. Ainda faltam 150 quilômetros a percorrer.

Já passando do meio-dia, chegam à churrascaria e Dr. António manda parar bem nos fundos. Logo, vê a caçamba do lixo onde Paulo encontrou mendiga Nina, conta para Marcos e Leonisse escuta e diz:

— Me conte essa história.

— Não é história, é verdade. Minha mãe foi catadora, mas antes era princesa. Ela mesma lhe contará tudo.

Nesse momento, já entram na churrascaria e Dr. António logo diz ao proprietário que foi o padrinho de casamento de Paulo e Nina:

— Esse é Marcos e sua irmã, Larissa, são filhos de Nina e Dr. Paulo. Eles estão na faculdade fazendo Medicina.

Eles almoçam e logo se despedem.

Quando chegaram à casa, viram um palácio.

Leonisse e José logo dizem:

— Não é uma casa, é uma mansão, com piscina, salão de festas. Tudo tão lindo. O jardim é maravilhoso, até para morar aqui.

— É por ter sossego que escolhemos este lugar maravilhoso. — dona Marta diz.

Marta mostra toda a casa para Leonisse, Larissa, José e Marcos. Todos ficam admirados com a beleza da casa.

José e Marcos se aprontam para voltarem, pois é cansativo. Chegam às nove horas da noite e ligam para Nina para dizer que vão primeiro levar Leonisse e José em casa e vão chegar mais tarde.

Logo, José diz à Larissa:

— Quando te vejo novamente?

— Vou lhe dar meu número do telefone, me ligue. — fala ela.

Ao chegarem em casa, Marcos já começa a contar:

— Mãe, Larissa acho que gostou de José. Conversaram o tempo todo.

— Ela ainda é uma criança. — Nina diz.

— Não, mãe, já passou dos 15 anos. Claro, é só amizade. — Marcos fala.

Nessa mesma noite, Nina vai à maternidade. O outro já nasce, um lindo garoto.

Dr. Paulo passa a noite no hospital e tem cuidado de Nina, pois com essa idade ganhar uma criança é de risco, mas Nina é forte.

Já com a criança mamando, Dr. Paulo entra no quarto e diz:

— Parabéns, querida! Agora, teu desejo está completo, três filhos.

— Estou feliz. — Nina diz. — Poucas mães têm este privilégio. Temos filhos lindos. Todos com o mesmo objetivo. Sorte que Marcos gosta de Leonisse, ambos na medicina. Agora, Larissa conversa com José, irmão de Leonisse, falavam a viagem toda em fazer faculdade de medicina oftalmologia. Vão fazer a matrícula juntos. Pode contar, aí vem namoro.

— Nem pensei nisso. Vamos ter uma grande família contribuidora da medicina. — Dr. Paulo diz.

Eles começam a rir.

Nina vai para casa e se recupera rapidamente. Ela começa a cuidar dos bens nos escritórios, e a babá cuida da criança e diz a Dr. Paulo:

— Quando vão batizar?

— Nem nome ainda tem. Nina não escolheu. — Dr. Paulo diz à babá.

Vão até a sala do escritório.

— Com que nome deve chamá-lo? — a babá pergunta.

— Acho que vou chamá-lo de Reinaldo. Ele vai ser o rei da casa. — Nina rindo diz a Dr. Paulo.

Dr. Paulo começa rir e diz:

— É um lindo nome. Um dia vão chamá-lo de doutor Reinaldo.

Nina ainda diz a babá, Mafalda:

— Você, com seu marido, querem ser os padrinhos de Reinaldo? Você trabalha tanto tempo aqui e cuidou de nossos filhos.

— Sim, vou falar com meu marido.

Ela ficou contente.

Logo vem Marcos e Larissa e querem pegar a criança.

— Peguem com cuidado. Reinaldo pode chorar. — Mafalda diz.

Marcos

— Então, ele é que vai ser o rei da casa.

— É ele mesmo. — Larissa ri.

— Não precisam ter ciúmes, pois é tão pequeno. Quando começar a reinar, vocês já vão ter seus filhos. Mafalda vai cuidar e vão ser meus netos. — diz Nina.

Todos começam a rir.

Já terminadas as férias de faculdade, Marcos e Leonisse voltam às aulas. Agora já com certa prática, praticam juntos toda atividade do hospital. Dr. Paulo deu-lhes o consultório do Dr. António.

Marcos e Leonisse estão contentes e já perto da formatura. No hospital, estão como estagiários. Na faculdade, sempre em primeiro lugar, com notas mais altas. Tudo devido ao acompanhamento no hospital. Agora, já atuando no consultório do avô, ambos têm um bom salário.

Larissa e José já estão na faculdade também. Eles já se dirigem ao hospital para visitar os doentes. Como Marcos e Leonisse atuam e se comportam no consultório, José já pediu Larissa em namoro. Dr. Paulo e Nina acham interessante e comentam:

— Como pode? Marcos vai à casa de Leonisse, e José vem à nossa casa.

— Veja, Nina, acho que vamos ter dois casamentos juntos. Está me parecendo que tudo está dando certo e que seria muito lindo. Marcos e Leonisse estão se saindo muito bem no consultório do avô. Os clientes que consultei gostaram do atendimento de ambos. Logo, podemos tirar férias.

— É verdade.

— Vou falar com a gerente de nossa clínica oftalmologia para que José e Larissa participem como estagiários e possam ver se é isso mesmo que querem.

Nina fica contente.

— Vou ligar para Marta para ver como estão. — fala ela.

— Ligue e depois me conte. — completa ele.

Dr. Paulo se dirige ao hospital e já vê que Marcos e Leonisse estão atendendo alguns clientes. Logo, comunica-os que terão uma cirurgia para participar.

Larissa e José após a faculdade já se dirigem ao hospital de oftalmologia e falam com a gerente que os apresenta aos médicos. Ambos já começam na mesma hora a acompanhar alguns pacientes. Ao sair, José diz:

— Este hospital também é do teu pai?

— Sim. — diz Larissa. — Aqui era para meu pai e minha mãe morarem. Veja que a obra é em forma de um castelo. Foi transformada nesta grande clínica. Era para minha mãe fazer companhia à minha avó, Marta, e minha avó queria que ficasse com ela. Meu avô, Dr. António, ficava o tempo todo no hospital, e meu pai e minha mãe ficaram morando com eles. A outra clínica é de consultas gerais. É um grupo de médicos que pagam aluguel e minha mãe que administra.

José fica admirado e diz:

— Então, como Marcos falou que teu pai encontrou sua mãe catando recicláveis naquela caçamba da churrascaria?

— Eu ainda não sei certo a história, meu irmão leu a agenda de minha mãe e descobriu. Antes era uma princesa e morava num palácio igual àquele que você viu na clínica de oftalmologia.

— Nossa! Que história.

— Não é história, é verdade. A mãe falou.

Nina já recuperada liga para Marta e dá a notícia do nascimento de Reinaldo e pergunta de Dr. António. Marta logo diz:

— Está gostando daqui. Coisas da idade, tem dias que não ando bem. Os filhos de teu irmão Carlos já são todos adultos e são muito carinhosos. Sempre vêm nos visitar e trazem algo. Sempre querem ajudar. Estou feliz por essa grande gentileza.

Logo Nina conta a Dr. Paulo:

— Tudo está bem, só que Dr. António está se sentindo cansado. Marta diz que são coisas da idade.

— Ele não gosta de se queixar. — Dr. Paulo diz.

No domingo à tarde, Nina prepara um café e convida Leonisse, Marcos, Larissa e José. Eles logo comentam:

— O que a mãe quer conosco? Será algo sobre nosso namoro? O que será?

Mas Nina vendo a preocupação dos dois casais lembra:

— Vocês querem saber um pouco mais da minha vida. Então, para contar, quero também José e Leonisse, mesmo para reunir vocês uma vez juntos aqui em casa. Marcos ficou admirado mais com a atitude da mãe e Larissa gostou da ideia. Logo, ela liga para José, que fica contente. Larissa também gostou do convite.

Logo chega o domingo e a copeira diz:

— Está tudo na mesa.

Eles foram servidos.

— Vamos à sala de estar? — Nina logo diz.

Todos se acomodaram curiosos.

— Primeiro, vou lhes contar de Dr. António. Estão bem e os filhos de meu irmão sempre vão visitá-los. Em segundo lugar, vou lhes contar um pouco de minha vida. Vi que ficaram curiosos, quando Dr. António falou daquela lixeira da churrasqueira. Tudo foi muito lindo. Meu pai se chamava Hartz e minha mãe Hilda. Eram casados só na Igreja, morávamos num castelo eu e meu irmão, Carlos. Só éramos nós dois de filhos. Minha mãe me vestia como princesa. Era uma princesa. Meu pai viajava muito, parava poucos dias e dava um bom dinheiro para minha mãe. Ela pagava os empregados. Eram quatro e um jardineiro que também fazia serviços gerais e uma das empregadas só para cuidar de mim e de Carlos. Meu pai dizia que era funcionário do governo e por isso tinha que viajar muito. Logo ao lado, não muito longe, tinha um sítio famoso do senhor Justino e Margarida. Eles tinham um filho chamado Paulo. Minha babá me levava à escolinha. Lá eu conheci Paulo. Nós começamos a nos gostar. Todo recreio estávamos juntos. Na saída da aula, já com a empregada me esperando, não podíamos ficar muito tempo juntos. Até que a empregada percebeu e disse "vocês estão namorando?". Eu não podia negar. Eu disse "só no recreio podemos nos abraçar e não conte para minha mãe". Ela disse "eu também tenho uma filha da tua idade e já tem namorado. Vou te trazer mais cedo e quando sair eu espero vocês e podem conversar, sei que tua mãe é orgulhosa e não deixa vocês nem sair de casa, quem dirá namorar. Eu sei que um dia Paulo quis vir ao castelo e perguntou de você e tua mãe o tocou de lá". Em certo tempo, morre a mãe de Paulo. Ainda nos encontramos no colégio, fizemos um pacto que acontecesse o que acontecesse que nós um dia casaríamos e eu um esperaria o outro. Assim foi. O pai de Paulo, senhor Justino, ficou doente e morreu. Vem seu tio que era médico em São Paulo e vende tudo e adota Paulo. Alguns meses depois ou um ano, meu pai Hartz se acidentou de carro e morreu. Minha mãe descobriu que não era funcionário e tinha outra família no Rio de Janeiro e uma grande fábrica, mas já em falência. Minha mãe não recebe nada. O que se salvou ficou para outra família. A fábrica só deu acerto aos acionistas. Minha mãe ficou triste e doente, sem dinheiro, não tínhamos mais comida. Vendemos o carro e despedimos as empregadas. Minha mãe fica mais doente e morre. Carlos mais velho me disse "vamos vender o castelo". Fomos a uma imobiliária que se interessou. Carlos comprou um sítio e eu comprei um ótimo terreno, com uma casa velha e dois galpões. Enquanto tinha dinheiro, tudo bem, mas logo acabou. Meu irmão disse para eu morar com ele, eu não quis. Apareceu uma catadora de recicláveis e alugou os galpões. Ela pagava um bom preço. Chamava-se Rita. Num dia de temporal, eu fui a socorrer umas coisas e Rita ficou na casa. Houve um vento forte e a casa velha caiu. Rita morreu entre os escombros e meu irmão quis me levar. Eu disse não. Ajeitamos um dos galpões para eu morar no outro depósito. Eu já conhecia todos os lugares que guardavam os recicláveis. Continuei o ritmo e me dei bem, mas todas as noites sonhava que Paulo ia me buscar. Ele já tinha ido duas vezes e não me encontrou. Quando veio pela terceira vez, me viu catando naquela caçamba, veio me perguntar se conhecia toda cidade. Eu disse que sim. Ele pediu que o levasse no outro dia, pois estava procurando uma pessoa, e pediu para que jantasse com ele na churrascaria e depois mostrar um hotel, onde se hospedaria. O garçom quase não quis atender, pois era uma mendiga. Veio outro e nos atendeu muito bem. Paulo deixa uma boa gorjeta. Quando chegamos ao hotel, já atenderam bem e eu também pegava lá os recicláveis. Marcamos no outro dia, às sete horas da manhã. Cedinho eu já estava lá e sabia que ia ganhar bem. Quando chegamos ao local que queria, era perto do castelo. Ele me disse o que queria era perto do castelo e disse "este castelo já está mudado, aqui morava a pessoa que procuro, a princesa Nina". Eu quase desmaiei. Ele já era médico, percebeu que ia desmaiar, me segurou e perguntou "o que aconteceu". Eu disse "sou eu? Você é Paulo do sitio", "sim, não acredito", "lembra-se do pacto?". Ele respondeu que sim e já me abraçou e me beijou. E disse "você ainda tá me esperando?". Respondi que sim, "sonho com você todas as noites", "eu também sonho com você, não vou largar mais nenhum instante de você". Ele perguntou de Carlos, meu irmão, que viu nosso pacto. A partir daquele momento, ficamos sempre juntos. Foi isso que aconteceu em minha vida.

Marcos, Leonisse, José e Larissa estão chorando de emoção.

— Mãe, que história!

— Não é história, é verdade. Muitas coisas aconteceram ainda até os dias de hoje. Tenho outras coisas para conversar com vocês. Hoje já é tarde. Vamos marcar outro café, dentro de 15 dias. É importante.

Ao se despedir, Nina percebe que ficam curiosos, mas não perguntam.

Tudo ocorreu normalmente.

Quando Dr. Paulo está em casa, Nina lhe apresenta os estratos bancários.

— Vê que temos de aplicar. Já é muito. Posso lhe dar uma sugestão?

— Sim, Nina, diga.

— Poderíamos comprar dois apartamentos ou duas casas para nossos filhos, que certamente logo vão pensar em casar-se.

Dr. Paulo acha que é bom.

— Marquei um encontro para um café dentro de 15 dias. Verei o que será mais útil para eles e o que desejam. Assim, já vejo como se amam. Larissa e José dizem que estão gostando da faculdade e têm notas boas, na clínica participam de algumas consultas. E Marcos e Leonisse, você tem acompanhado? Ano que vem é a formatura deles e, como você disse, já estão usando o consultório de Dr. António. Isso me deixa contente. Sabe, querido Paulo, eu tive que contar a eles toda história de nossa vida, sobre o encontro na caçamba. Dr. António parou o carro perto da caçamba e disse a eles que foi onde você me encontrou. Eles de nada sabiam e ficaram curiosos.

Dr. Paulo teve que rir.

— Por que você está rindo? Nossos filhos já pensando em casar e o pequeno Reinaldo ainda na mamadeira, não é de rir. Isso é só para quem tem um marido médico.

Começam a rir juntos.

— Você sabia que eu queria três filhos. Veja como são maravilhosos. Com mais uns anos, vamos ser avôs e envelhecer juntos. Veja Dr. António e Marta, que lindos, já com 90 anos. Sempre estão se amando. Isso é um privilégio para nós.

Marcos, Leonisse, José e Larissa combinam de irem juntos ao cinema.
— O que será que a mãe quer no próximo domingo?
Também conversam sobre uma viagem para visitar Dr. António e Marta.
Larissa logo diz a Marcos:
— É bom nós visitarmos Dr. António e Marta, mas vamos ver o que diz a mãe. Pode ser que tenha algo para mandar. Vamos ver o que quer no domingo.
— Vamos com o meu carro. Ele está com a primeira revisão. São quase mil quilômetros, mas vamos sair bem de madrugada e almoçamos na churrascaria, o café naquela lanchonete restaurante. É um passeio gostoso. — Marcos diz.
José e Larissa gostaram.

Logo chega o domingo.
Nina se prepara para falar e como entrar no assunto de imóveis para morarem.
Larissa e José se abraçam e vão para a sala. Marcos e Leonisse ainda ficam um pouco no jardim, logo entram.
— O café está na mesa. — a copeira já os chama.
Todos tomam café. Logo, dirigem-se à sala de estar.
Nina começa dizendo:
— Vejam, vocês se amam de verdade e estão sempre juntos.
— É, mãe, é verdade. Somos quase da mesma área da medicina, com estudos parecidos. Temos muito para contar um para o outro.
— Filhos, fico feliz por vocês e Dr. Paulo também. Mas eu queria entrar em outro assunto, com o objetivo familiar. Qual o plano de vocês? Como morar e planejar a família, já que a profissão de vocês é mais difícil que a minha e a do Dr. Paulo, Dr. António e Marta, já que ambos vão ser médicos e oftalmologista. Ficarão a maior parte do tempo no hospital e nos consultórios. Vão precisar de empregadas e babá, quando virem filhos. Vejo sempre conversando sobre profissão e não sobre família.
— Mãe, é cedo para falar sobre família.

— Sempre o objetivo é família, para isso é o namoro e casamento, claro que a profissão é importante, mas um lar deve sempre ser bem planejado e feliz, onde se sente feliz. Só alegria, flores e paz. Se deixa os problemas todos no trabalho.

Logo, um fica olhando para outro e pensam:

— Que lição. Só pensávamos na profissão.

Marcos logo diz:

— Mãe, a senhora nos deu uma boa lição, mas é difícil fazer uma boa casa hoje. A senhora vê que temos que lutar muito para conseguir nossa casa ou apartamento próprio.

— Marcos, você tocou bem no assunto da reunião de hoje. Você sabe que sou eu que cuido da parte financeira.

— Sim, mãe.

— Então, eu falei com Dr. Paulo que já faz uns anos que não aplicamos os lucros. Então, quando vocês pensam em família, que vejo e será logo, quero confirmar o que querem, uma casa ou um bom apartamento. Vocês já têm um bom carro e só precisam de uma boa casa. Planejem e me deem a resposta em uma reunião marcada. Assim, posso me preparar. Já falei com o pai de vocês. É o melhor plano para nós aplicarmos nossos lucros. Já temos um grande hospital, vocês mesmo viram, estão trabalhando, e a clínica e outra clínica, quase um hospital, e ainda outros bens, que vocês já devem estar sabendo. Então, não queremos aplicar de outra forma, mas em vocês, tanto eu como Dr. Paulo temos observado e acompanhado nos estudos e como profissionais. Queremos envelhecer juntos, como Dr. António e Marta, e vocês vão ter muito trabalho para administrar tudo. Hoje, é isso que tenho a dizer para vocês, mas pensem que em época de namoro tudo deve ser planejado.

— Mãe, suas palavras hoje nos valeram muito. Estou feliz. Sempre pensei em ter uma família feliz, como a senhora falou. Foi uma lição. Obrigado por essas palavras.

Leonisse, Marcos e Larissa aplaudiram.

— Mãe, a senhora foi fantástica, foi uma lição, mas estamos marcando um passeio para visitar Dr. António e Marta. Se der um tempinho rápido, vamos à casa do tio Carlos, se a senhora quer mandar algo pra eles. Nós quatro sairemos bem cedo, paramos para o café e almoçamos na churrascaria. Voltaremos no mesmo dia à noite. Mas ligamos para a senhora a cada parada.

— Tudo bem, Marcos. Você tem juízo. Cuide dos outros.

— Ah, mãe, não se preocupe. Vamos com cuidado. Agora, já sabemos o caminho. O avô vai ficar feliz. Ainda, mãe, mais uns meses, é nossa formatura. Como já atuamos no hospital e conhecemos todos os clientes, podemos atuar e atender todos os clientes.

— Vocês vão visitar Dr. António e Marta. Vocês dão conta do hospital?

— Sim, mãe, pergunte ao pai como atuamos em nossa profissão. Veja, mãe, o pai precisa de descanso, só trabalha o tempo todo e pode ficar esgotado. Ninguém é máquina.

— Filhos, eu vejo sim. Vocês têm razão. José e Larissa estão se dando bem na clínica e já vão ter uma vaga para estágio.

Eles ficam contentes.

A mãe e o pai de José e Leonisse sempre estão preocupados.

— Como vão vocês no estudo? — perguntam eles.

— Pai, como sabe, já estou atendendo no consultório e já ganho meu salário. José já vai ganhar uma vaga de estágio com Larissa, também vão ganhar seu salário.

— Não é isso que queremos dizer, mas onde morar. — Ana, a mãe de José, diz.

— Ah, mãe, Leonisse não lhe contou? A mãe de Marcos nos deu uma aula de moral, que no namoro deve se planejar a família e o lazer do lar. Então, ela falou que precisamos pensar se queremos um bom apartamento ou casa, com jardim, e devemos dar uma resposta logo. Nessa viagem que faremos juntos de novo visitar Dr. António e Marta, lá em Santa Catarina, combinamos o que queremos e o noivado. Mãe, sei que falamos muito pouco com o pai e a senhora sobre tantas coisas boas que nos tem acontecido. Sei que o pai está preocupado, já nos comprou o carro e paga meu estudo. O ano está terminando e vou ganhar um estágio na clínica aonde vamos quase todos os dias. Sabe, mãe, a quem pertence a clínica? É do pai de Larissa.

— Nossa. — diz Ana. — Como pode? Parece ser tão simples. Você mesmo me disse que Nina juntava recicláveis.

— É, mãe, mas é formada e cuida de dois escritórios. Têm três empregadas. Só a casa de férias é uma mansão. Ela mesma diz que o pouco tempo que foi mendiga foi uma feliz experiência de humildade.

— Nossa! Que lindo.

Chega o dia da viagem. Tudo preparado. É domingo. José e Leonisse vão à casa de Marcos bem de madrugada. Marcos e Larissa já estavam esperando. Logo em seguida, saem.

— Se cuidem e vão com Deus. — Nina diz.

Logo nos primeiros quilômetros, Marcos diz:

— Então, o que vocês decidiram? Casa ou apartamento?

— Casa é mais aconchegante, mas dá despesas, e o apartamento também tem condomínio. — Larissa diz.

— Então, também escolhemos casa, como tua mãe tem razão, as crianças podem brincar ao ar livre, é bem mais familiar poder sentar-se num banco no jardim e namorar com Marcos.

Começam a rir.

— Em mais uns meses, já teremos a formatura de Marcos e Leonisse.

— Que tal nos noivar antes mesmo da formatura? — pergunta Marcos.

— Que tal vocês dois também noivarem juntos? — Leonisse diz. — Faremos um café no clube, onde participam nossos pais.

— Nossa, que bom. Vamos marcar a data de nossos noivados e faremos os convites. Será uma surpresa para nossos pais. Eles merecem. — diz Larissa. — Mas geralmente nesse dia já se anuncia a data do casamento.

Clareando o dia, já estão longe e já passaram pela lanchonete.

— Vamos almoçar cedo. Ligue para mãe aqui do carro, ela deve estar já preocupada.

Larissa liga.

— Oi, mãe. Estamos indo bem. Estamos cruzando o Paraná, chegaremos cedo. Benção, mãe, vou desligar. — fala ela.

José ri.

— Gostei da "benção, mãe".

— A mãe pode abençoar e é importante. Mãe é tudo. — Larissa diz.

— Hoje, somos jovens. Logo, seremos mães e nós vamos nos preocupar com nossos filhos.

Todos começam a rir.

Chegam àquela churrascaria. O proprietário está no pátio perto daquela lixeira e logo diz:

— Aí vêm os doutores.

— O senhor acertou. — Marcos logo diz. — Eu e Leonisse já estamos no consultório de Dr. António, e José e Larissa estão no segundo ano da Medicina. Logo, vão fazer estágio na clínica. Viemos cedo, gostaríamos de um churrasco gostoso para nós quatro. Vê, paramos no mesmo lugar, perto da lixeira que traz sorte.

O senhor teve que rir, pois se lembra.

Almoçam bem e é cedo.

Próximo às onze horas, chegam à casa de férias de Dr. António. Ele já está cansado e velhinho, aos 92 anos. Marcos logo vê que não está muito bem e diz:

— O senhor está bem?

— Sim, Marcos, só um pouco cansado pela idade. — responde o avô.

Marcos o abraça e completa:

— O senhor é forte.

Larissa e Leonisse já estavam Marta e dizem:

— Estamos com saudades de vocês, vovó e vovô, estávamos preocupados com vocês.

— Mais uns meses, será a formatura minha e de Leonisse. O meu pai e mãe podem vir e ficar uns dias. Nós dois já cuidamos do hospital, fazemos plantão e participamos de todas as cirurgias.

— Eu já sabia que vocês são bons, Marcos, Dr. Paulo já me falou. Gostam de atender a todos muito bem, descobrem as enfermidades e têm acertado todos os diagnósticos. Isso é muito importante. Vão ter muitos elogios.

— É Leonisse que ajuda. Temos consultado juntos e é isso que os clientes gostam. — Marcos conta.

— Como fazem quando a consulta é mais secreta? — Dr. António pergunta.

— Ah, aí vai se examinar primeiramente juntos, um se a retira por instantes, e a pessoa se for masculino ou feminino é que inicia o diagnóstico para a receita.

— É por isso que vocês recebem elogios. — Dr. António diz.

Marta manda fazer um café bem gostoso e conversam um pouco sobre Nina e Reinaldo, irmãozinho de Marcos.

— Não podemos demorar que os pais ficam preocupados. Os pais de José e Leonissa querem que logo voltemos. — Marcos fala.

— Então, na volta, marcamos a data dos noivados e do casamento ainda não podemos marcar. — Leonisse logo diz a Marcos. — Pois tua mãe quer que apresentemos nossas ideias, já no próximo domingo.

— Eu sei que minha mãe quer o melhor para nós e vejo que precisamos de qualquer forma retribuir. Eu e Leonisse estamos direto no hospital, eu tenho feito o plantão e Dr. Paulo gostou. Pode ficar mais em casa. Agora, quando nós formos formados e com registro, eu e Leonisse vamos deixar Dr. Paulo tirar uns dias de folga. Ainda não pensei nos escritórios da mãe, mas a secretária do escritório do hospital é uma profissional e já está há anos e entende tudo. As duas clínicas também estão contabilizadas pelo escritório do hospital. Então, quando a mãe sai de férias com o pai, é só passar os detalhes em seu escritório, devemos aceitar o que ela quer nos proporcionar, é prazer dela em poder nos ajudar.

Chega o domingo marcado com a mãe.

Nina de começo diz:

— Me contam primeiro como foi a viagem.

— Mãe, foi muito legal. Conversamos muito na volta. José dirigia, não foi cansativo. Só percebemos que Dr. Antônio e Marta não estão muito bem. É preciso que vocês os visitem. Eu e Leonisse tomamos conta do hospital. Mãe, tem outra novidade que queremos lhe contar. — fala Marcos.

— Diga, filho.

— Não, José contará.

José, pegando a mão de Larissa, começa a falar:

— Vamos noivar com sua permissão, é lógico. Faremos um café no clube e eu, José e Larissa.

— Por que não aqui? É tão espaçoso. Os pais de José e Leonisse ainda não vieram aqui e seria uma oportunidade. — Nina pergunta.

— Não queremos dar trabalho. — Leonisse diz.

— Não, seria um prazer, pois temos três empregadas. Se for preciso, contratamos um copeiro.

— Se a mãe não se importa, faremos aqui. — Marcos diz.

— Tudo bem. E o que vocês decidiram? — pergunta Nina.

— Preferimos casa, mas podemos fazer isso com nosso trabalho.

— Mas eu e teu pai temos o prazer de dar esse presente para vocês. Até já tenho aqui em mãos umas revistas de modelos de construção de casas e vocês devem apresentar com urgência, que sejam bem confortáveis a gosto. — Nina ri.

Nina traz as revistas e mostra vários modelos de casa.

— São modelos caríssimos. — José diz.

— Sim. — diz Nina. — Quero que vocês tenham conforto, pois são doutores. E esperamos que vocês, bons profissionais, vão ser nossa continuação de vida. É por isso que, falei tudo que tinha de falar, se escolherem o modelo e que escolham o local, um bom terreno para que haja espaço para crianças. Poderíamos comprar casas prontas, mas não se encontram a gosto. Aqui nestes modelos pode ainda ser feito uns ajustes a gosto.

É domingo, mas Marcos e Leonisse ainda vão ao hospital ficar de plantão, até segunda-feira, e dar folga a Dr. Paulo.

Logo vão para casa contentes.

José logo diz à Larissa:

— Você é que vai escolher o modelo da casa.

— Você, José, o terreno.

Quando chegam, Larissa já fala à Ana:

— A senhora me ajuda a escolher um modelo da casa? Minha mãe tem e quer urgência.

— Aqui, só tem mações. — fala Ana, quando vê as revistas.

— Mas é isso que minha mãe quer e ainda quer que escolhamos a melhor localização. — Larissa diz.

— Vai custar caro. — Ana ainda fala.

— Minha mãe diz que é preciso com piscina, salão de festas, que sirva para reuniões, e amplas salas, garagem para quatro carros.

— Para que tantos carros?

— Ela me disse que não quer que os netos vão a pé à faculdade.

— E vocês ainda nem noivaram e já estão pensando em netos.

— Era para José contar. Vamos noivar juntos, Leonisse com Marcos e eu com José, queríamos fazer no clube, mas minha mãe disse que a senhora e Joaquim ainda não foram em sua casa e pediu que fosse lá, assim seria a oportunidade de conhecer meu pai e minha mãe, que só falam por telefone com a senhora.

— Está certo. Tudo está acontecendo tão depressa que nem tive tempo de pensar no futuro de vocês. — Ana fica contente.

Nesse momento, vem Joaquim, pai de José e Leonisse.

— Bom, pai, que bom que o senhor veio. Eu e José estávamos esperando o senhor e já comentamos com a mãe, mas tínhamos que falar com o senhor. Nós vamos noivar juntos e vai ser na casa do pai de Marcos. O senhor e a mãe não podem faltar.

— Ah, sim, não faltaremos. — Joaquim fica feliz.

Só falta um mês para a formatura de Marcos e Leonisse. Eles já atuam como médicos e até já fazem cirurgias sozinhos. Dr. Paulo só acompanhou e foi um sucesso. Quando Larissa e José vão à clínica, veem uma grande mansão à venda e não parece muito antiga, com ótimo terreno. Ligam para mãe e ela logo liga para o proprietário e imobiliária. Vem o corretor mostra tudo. Dessa vez, Dr. Paulo estava junto e diz:

— É preciso uma pequena reforma, mas é de boa aparência e o preço é razoável pela localização do imóvel. Vamos mostrar a Larissa e José e faremos uma contrarresposta.

Nina fica feliz.

— Sei que querem anunciar o dia do casamento no dia do noivado. Vou falar com Marcos. O que acha, querido, se pedir a Marcos e Leonisse para ocuparem os aposentos de Dr. António? Faremos uma pequena reforma e assim poderão nos informar mais sobre o hospital e vão se revezar muitas vezes para o plantão.

— Você tem razão, já me falou para visitar Dr. António e Marta, que já estão bem velhinhos. Nosso quarto está fechado e em ordem. Podemos tirar uma semana. Marcos e Leonisse dão conta de tudo. — Dr. Paulo fala.

— Sim. — diz Nina.

— Verei a semana que folgaremos e passará o meu consultório a Dr. Marcos e de Dr. António a Dr. Leonisse.

Nina ri.

— Por que você está rindo?

— É a primeira vez que chamam nosso filho de doutor e Leonisse também.

— Sim, porque já adquiriram fama de bons médicos e já fazem cirurgias com perfeição.

Dr. Paulo agora vai ao hospital bem despreocupado.

À noite, vem José e Larissa dizem:

— Mãe, vimos toda mansão. É bem do nosso gosto. Então, amanhã vamos e fechamos o negócio. Já ligaram que aceitam a nossa contraproposta.

— Logo ligo, mas vou falar com Marcos e Leonisse para que fiquem morando comigo, para que este casarão não fique tão vazio e me fazem um pouco de companhia. Sei que ficam a maioria do tempo no hospital. Se não se acostumarem, podemos comprar ou construir uma casa para eles. Já pedi a Dr. Paulo que quando chegasse ao hospital falasse para que os dois viessem falar comigo.

Quando chegam, ainda estão muito curiosos, mas Nina logo foi dizendo:

— Vocês parecem que ficam todo tempo no hospital.

— Sim, mãe. Mas o que a mãe quer nos dizer?

— O que vou dizer a vocês só se concordarem. Eu gostaria que quando se casarem ficassem morando aqui. Larissa casando a casa fica vazia e triste e tem toda parte de onde era do Dr. António e Marta. Podem reformar. Vou mostrar para vocês tudo e como é lindo. Vocês podem me dar a resposta amanhã.

— Sim. — diz Marcos.

Leonisse gostou.

— Filho, lhe daremos valor igual que a casa de Larissa. Vocês podem aplicar do modo de vocês, porque é justo que recebam igual. — Nina diz.

— Para vocês saberem, Larissa e José já escolheram uma casa grande que estava à venda perto da clínica.

— Mãe, eu gostei da sua proposta. — Marcos fala.

— Sim, amanhã me dá a resposta.

— Tá bem, mãe.

Marcos vai jantar na casa de Leonisse. Depois, os dois vão ficar de plantão no hospital. Eles logo contaram para a mãe de Leonisse.

— Que bom. Ela gosta de você. — diz a mãe.

— Sim, mãe, já percebi e vamos aceitar, pois nos dará a quantia que Larissa ganhar.

— Nossa. — diz Ana, mãe de Leonisse.

— Já marcamos o noivado e agora só marcamos o dia do casamento, que queríamos anunciar no dia do noivado. Ainda vamos combinar com Larissa e José para fazermos uma só festa e uma só cerimônia.

— Que lindo nossos filhos casados. — Ana diz. — Joaquim quando souber vai ficar feliz.

No dia seguinte, Marcos e Leonisse já contam à mãe.

— Tudo bem.

Leonisse abraça Nina e diz:

— Vamos gostar de estarmos sempre juntas.

— Sim, é claro, mas você sabe, somos da medicina e somos pessoas do povo. Muitas vezes estamos numa boa e acontece uma emergência, e lá vamos nós para salvarmos pessoas.

— Sim, eu entendo.

Nina compra a mansão e já põe em nome de Larissa e diz a José:

— Quando vocês se casarem, deve ser com comunhão de bens. O que é de Larissa também é seu. Vocês devem estar unidos.

José fica feliz e já chama Nina também de mãe.

Chega o dia marcado para o noivado, às quatorze horas e trinta minutos. Chegam os pais de Leonisse e cumprimentam Dr. Paulo e Nina, apresentando-se.

— Estamos muito felizes com este noivado.

Logo, vem Marcos e Leonisse e José com Larissa. Eles já se põem à mesa e começam a cerimônia do noivado, começando por Marcos e Leonisse.

Eles começam discursando que o amor é sério, com muitas palavras lindas.

— Queremos viver sempre felizes.

Passam as alianças. Logo, passam a palavra a José, que também fez um belo discurso, com lindas palavras, começando a passar as alianças e anunciando o dia do casamento.

Os pais ficam felizes e vão se servir. Joaquim logo conversa com Dr. Paulo e Paulo logo vê que Joaquim é bom comunicador. Os dois conversam muito. Ana e Nina também já tinham conversado por telefone.

Então, Marcos e Leonisse pedem para se despedir e que Dr. Paulo não se preocupe.

— Nós vamos ao hospital para estarmos no consultório. Sei que o hospital não pode ficar sem médicos.

Dr. Paulo logo diz a Joaquim:

— Vê como são responsáveis.

— Já venho observando a responsabilidade deles e o respeito. Isso é muito importante. — Joaquim diz.

— Sim. — concorda Dr. Paulo.

José e Larissa vão ao jardim e fazem planos de como será o jardim deles. Eles já têm um bom ordenado como estagiários na clínica, já estão no terceiro ano de faculdade.

— Como vamos mobilhar?

— Vou conversar com minha mãe.

— Ela sabe aquela fábrica de móveis, onde mora Dr. António e Marta. Gostei do material que usam. — Larissa fala a José.

— É verdade. Eu vi que era lindo. — José comenta.

Assim, os pais de Leonisse ficaram até umas horas da noite conversando. Nina ficou tão feliz por serem tão gentis. Agora, Dr. Paulo já pode ficar mais com Nina e curtir um pouco a vida.

No dia seguinte, Dr. Paulo diz:

— Querida, se prepare que vamos tirar uns dias para nós. Vamos visitar nossos pais e teu irmão. Estou feliz que Dr. Marcos e Dr. Leonisse cuidam do hospital. Nossa secretária é competente e cuida do escritório e registra tudo.

Nina abraça Dr. Paulo.

— Querido, quanto te amo e acho até que mais do que quando namoramos no colégio. Ainda somos jovens e agora nossos filhos já são noivos e profissionais. Estivemos na formatura e nem participamos da festa, apenas das fotos e da cerimônia. De imediato, foram ao hospital, pois seus pacientes já os aguardavam.

Marcos logo encontra seu pai, Dr. Paulo, e diz:

— Gostaria que o senhor e a mãe visitassem Dr. António e Marta, pois sonhei com eles.

— Sim, vou pedir à Nina que apronte tudo. Você deve atuar no meu consultório e Dr.ª Leonisse onde estão atuando.

— Podem ficar sossegados. Nós vamos informando tudo o que acontece. José e Larissa têm juízo e sabem se cuidar. Vamos sempre olhar por eles. Reinaldo não vai nos incomodar. Ainda podem levar a babá. Ela cuidará do Reinaldo.

Tudo combinado. Dr. Paulo liga para Nina e diz:

— Apronte as coisas. Vamos tirar férias. Visitaremos nossos pais e seu irmão, que ainda não conhece Reinaldinho.

— Tudo bem. — Nina ri.

— Por que está rindo? — Dr. Paulo pergunta.

— Eu escutei. Foi do jeito que você falou Reinaldinho. Nosso filho você nunca o chamou assim. — fala ela.

— É que estou feliz em poder passear com você e nosso filhinho querido. Tenho que desligar.

Nina não sabe o que fazer de tanta alegria.

Na mesma hora, Dr. Paulo chama Dr.ª Leonisse e mostra a ficha de todos os clientes e quais estão em breve terão alta.

— Leonisse, você atende também os de Marcos e cuida dos meus. Muitas vezes atuam juntos. Se tiver uma cirurgia complicada, me liguem. Eu venho num dia e volto após a cirurgia. Se for simples, vocês fazem.

— Tá bom, pai. Faremos sempre o melhor. Pode ir com a mãe e não se preocupe.

Tudo pronto. A babá vai cuidar da criança. Abastecem o carro e saem pelas dez horas para chegarem à noitezinha. Fazem uma parada para um lanche e logo chegam. São bem recebidos. Dr. António e Marta já quase não podendo andar, quem os recebeu foram os empregados, que já comentaram que já ficam a maioria do tempo acamados e se recusam às vezes de tomar remédio. Muitas vezes, com a alimentação no quarto e às vezes recusam o lanche e a refeição.

— Uma nutricionista os convenceu a comerem frutas e legumes e nos orientou a alimentação adequada para eles.

Dr. Paulo fica incomodado, é a idade que está apertando. Ele examina ambos e vê que é mesmo a idade. Dr. António já passa dos 93 anos, e Marta com mais de 90. Eles precisam de muito cuidado. Os empregados são muito queridos com eles e cuidam bem.

Nina fica admirada e diz a Dr. Paulo:

— Vamos ficar bem assim.

— Se Deus quiser, alcancemos esta idade. — fala o marido.

No dia seguinte, vão visitar Carlos, irmão de Nina. Quando chegam, Carlos e Luiza já os esperam e logo dizem:

— Celina se casou e mora em outro sítio. Gilberto está estudando ainda na faculdade e cuida da empresa, que ainda estamos ampliando.

Logo, mostram toda a indústria, a fruticultura e a plantação já arrendada. Eles compraram a produção da vizinhança e industrializam a parte de queijos e latrocínios, pensa em exportação.

— A procura do consumo interno está em alta. — diz Carlos.

Dr. Paulo e Nina ficam admirados com seu progresso. Carlos mostra todo equipamento moderno e novo e caminhão e carro novos.

— Vejo que as coisas aqui estão em progresso. — Dr. Paulo diz.

— Sim. — responde Carlos. — Graças aos filhos, pois estou ficando velho.

— Nós também já estamos envelhecendo. — Dr. Paulo ri.

— Nossos filhos já nos ajudam e vão convidá-los para seus casamentos. Vão casar-se os dois num dia só, Larissa com José e Marcos com Leonisse. Ambos são médicos e estão tomando conta do hospital. Agora, podemos namorar todo tempo, pois você lembra que nem pudemos namorar. Agora, podemos namorar à vontade. Não quero nem lembrar o tempo de mendiga e de Rita, quando a casa caiu. Fiquei só catando os recicláveis. — Nina diz.

— Lembro da mendiga Rita, quando a casa caiu. — Carlos conta.

— Agora, só lembrar de quando Paulo me encontrou na lixeira. Que alegria quando perto da mansão castelo me disse a moça que morava lá é quem procurava. Eu disse "sou eu" e quase desmaiei. Ele nem acreditou e tive de contar meu nome e de meu irmão e contar a história do colégio. Então, me abraçou e me beijou pela primeira vez. Eu me lembro sempre.

— Que história! — Luiza fala.

— Não é história. Eu vivi tudo isso, mas tudo passou, quero aproveitar ainda a vida e o que tenho que viver. — Nina DIZ.

Carlos e Luiza convidam Dr. Paulo para o café. Logo, Nina vê que Luiza trocou todos os móveis.

— Vocês me mostraram a fábrica de João, que trabalha muito bem, só aplica material de primeira. — fala Luiza.

— Acho que Larissa vai querer que fabriquem seus móveis. Agora me deu mais fé que faz coisa de primeira. — responde Nina. — Marcos vai ficar morando com Leonisse em nossa casa, já que ficam a maioria do tempo no hospital. Assim Dr. Paulo pode ficar mais tempo comigo. Quando

Reinaldo crescer, gostaria que fizesse Direito ou Administração, como eu, para cuidar dos dois escritórios. José com Larissa estão no terceiro ano de faculdade de oftalmologia, estão fazendo estágio em nossa clínica de olhos, que foi transformada em hospital de olhos.

Já é noite e Paulo e Nina se despedem. Chegam em casa, já encontram António e Marta dormindo.

Preparam-se para outro dia de manhã, pois vão ao cemitério onde estão sepultados a mãe de Nina, Hilda, e os pais de Dr. Paulo, Justino e Margarida.

Ainda, vão à secretaria para pagar a manutenção dos túmulos. Ao voltarem, ainda passam onde era o sítio do pai de Paulo e do castelo.

— Não podia chegar nem perto do castelo. Tua mãe era brava. — Paulo diz.

— Sim. Isso já era demais. Até a empregada Mafalda percebeu nosso namoro e nos ajudou, lembra? — Nina pergunta.

— Sim. — diz Dr. Paulo rindo.

— Como é bom recordar e ver de novo os lugares.

— Lembra, Nina, as lojas e apartamentos que meu tio, hoje pai António, comprou para mim? Valem muito mais do que este sítio, que está tão mal-cuidado.

— Só os aluguéis que renderam e já faz tantos anos. — Nina fala.

Logo, voltam para o almoço. Veem António e Marta já sentados no jardim e começam a conversar.

— Como vai o hospital?

— Nosso filho e a sua noiva já são bons médicos e já fazem até cirurgias. — Paulo logo conta.

— Eu sabia que eles seriam melhores que nós. — Dr. António ri.

Como já é tarde, ficam descansando.

Nina pergunta da vizinha fofoqueira de frente, a empregada logo diz:

— Faleceu. Mora aqui um de seus filhos, mas são muito queridos e não são fofoqueiros. Sempre perguntam de António e Marta.

A vizinha ainda pergunta de seus filhos.

— Já se formaram e estão cuidando do hospital. Marcos e Leonisse são bons médicos e já fazem cirurgias e transplantes. É preciso uma equipe, aí Dr. Paulo está presente. A outra minha filha faz faculdade de oftalmologia junto a seu noivo e já fazem estágio na clínica. — conta Nina.

— Então, os dois são noivos?

— Sim, e vão se casar no mesmo dia juntos.

— Dois casamentos. — a vizinha se admira. — Que sorte. Família de médicos.

Como já está tarde, ficam em casa fazendo companhia a António e Marta, que já nessa idade querem descansar à tarde. Dr. Paulo percebe que ambos estão com idade e já não podem mais dirigir, é a empregada que os leva passear pela cidade. Dr. Paulo pede à empregada para contratar uma enfermeira.

— Sei que ainda estão com saúde. Quando ficam acamados, vão precisar de uma enfermeira. Se não encontrarem aqui, eu mandarei uma profissional do hospital. Quero que cuidem bem deles. Vou deixar o número do telefone do escritório de Nina.

Logo, chega o dia de voltarem.

Dr. Paulo e Nina já se despedem de Carlos e Luiza e de seus amigos que foram padrinhos de casamento, o senhor João, dono da fábrica de móveis. Aprontam tudo e voltam, pois foram só para ficar uma semana e já se passaram duas. Fizeram muitos amigos. Despedem-se.

Quando voltam, Dr. Paulo logo se dirige ao hospital e vê que tudo está bem.

— Vocês são competentes. Quero que continuem cada um em seu consultório. Vou ampliar o consultório de reserva para mim, que vou ficar mais em casa com Nina. Vamos ver um bom salário para vocês, pois agora vocês devem resolver também se suportamos mais um ou dois convênios. Vejo pelo escritório do hospital que estamos com uma boa renda. Nina verá tudo, já que é responsável pelas finanças e pagamentos. — diz a Marcos e Leonisse.

— Tivemos procura de um bom convênio e fiquei de dar a resposta quando o senhor viesse. É preciso que revisem suas propostas. — Dr. Marcos logo conta.

— Vamos aceitar, sim, se tivermos que aumentar ou ampliar o hospital, nós faremos. Já temos uma ala de consultórios para os conveniados e uma boa equipe de médicos. Nós estamos na área de cirurgiões e atendimentos particulares, podíamos ampliar uma área para dermatologia e queimados e terceirizando. — Dr. Paulo diz.

Dr. Marcos e Dr.ª Leonisse gostaram da ideia, já que fazem plantão para todos internados.

José e Larissa conversam com a mãe sobre a fábrica de móveis e como poderiam fazer.

— Vamos pedir que o senhor João venha até aqui, em nossa casa, e pode ver o que deve ser feito. Fabricam e, quando pronto, vêm com o caminhão e montam. Dr. Paulo também quer algumas coisas para o consultório novo. — Nina diz.

— Mãe, já fizemos a limpeza da casa e já estão pintando a parte interna. Se os móveis não ficarem prontos até o casamento, providenciaremos algo, como só o quarto, e faremos as refeições na casa dos pais de José. Agora já ganhamos um aumento na clínica e, com mais um ano de faculdade, teremos a formatura e seremos contratados ou abriremos nossos próprios consultórios, mas o casamento está próximo e vai ser muito lindo. — conta a filha.

Larissa já prepara todo o jardim da casa que é tão espaçoso e tem uma boa churrasqueira e salão de festas. Ela conversa com José, seu noivo, para falar com Dr.ª Leonisse e comente com Dr. Marcos para que vejam a casa.

— Seria lindo o casamento aqui.

— Podemos contratar uma equipe de eventos. Eles deixam tudo em ordem e não precisamos nos incomodar com nada. — José diz.

Leonisse conta para Marcos no dia seguinte e vão ver.

— É verdade o local e tamanho do jardim. Seria lindo mesmo. — Dr. Marcos fala.

Eles vão ver a parte da casa e salão de festas e combinam.

— Podemos contratar uma empresa de eventos. Vamos conversar com a mãe.

Nina também concorda e vai ficar na lembrança.

Nesse dia, Nina recebe um telefonema da empregada de Dr. António e Marta dizendo que estão bem mal e já estão quase acamados. Eles já pediram a uma enfermeira para ajudar no banho. Nina conta a Dr. Paulo, que fica incomodado. Agora, próximo ao casamento dos filhos, não podem viajar antes, já tudo preparado e os convites já distribuídos. Certamente será um casamento diferente e lindo. Eles ajeitam tudo.

Dr. Paulo já no dia seguinte diz:

— Vamos ao casamento. Tudo está preparado pela equipe de eventos.

Já se encaminham todos à igreja, que estava cheia. Todos curiosos.

— Dois casamentos juntos? Que lindo.

Quantos abraços e beijinhos.

— Que lindo. — diziam os convidados.

No civil já tinham se casado um dia antes.

Chegam ao local da festa. Tudo ocorreu como previsto. Foi maravilhoso.

Dr. Paulo já pede a Dr. Marcos e Dr.ª Leonisse que tomem conta do hospital e que quer visitar os pais, António e Marta, que já estão doentes e acamados.

Nina apronta tudo e diz:

— Nem acredito, nossos filhos casados, parece que foi ontem que você me encontrou naquela lixeira.

— Amanhã você pode recordar e se lembrar da mendiga Rita. — Dr. Paulo diz. — Eu vou recordar da princesa do castelo que eu não podia nem chegar perto. Como o tempo passou tão depressa. Logo mais vamos ser avós.

Quando chegam em Santa Catarina, logo veem os dois acamados e ainda bem lúcidos.

— É a idade. — contam eles.

Logo no dia seguinte, vão visitar Carlos e contam como foi o casamento.

— Nossos filhos também já pensam em aumentar a indústria. — diz Carlos.

Dr. Paulo e Nina dão os parabéns a eles.

Eles vão ao cemitério rezar pela mãe de Nina, Hilda, e pelos pais de Dr. Paulo, Justino e Margarida. Feitas as orações se dirigem à secretária e conversam sobre uma capela de seis gavetas e pedem que faça com urgência.

No dia seguinte, vão à fábrica de móveis e perguntam ao senhor João se pode ir com eles a São Paulo e fazer um orçamento para a filha.

— Tudo bem. — senhor João diz.

Quando chegam, Nina já vai ao seu escritório e põe tudo em ordem.

Já à tarde, Dr. Paulo liga para Larissa.

— Podemos dar uma olhada na casa? O senhor João veio para as medidas. Podemos ainda hoje dar uma olhadinha e amanhã cedinho completa.

Quando o senhor João vê, diz:

— Nossa, é uma mansão e que lindo jardim.

— Só vamos ver tudo que deve ser feito. Vamos passar pelo hospital e falar com Dr. Marcos e Dr.ª Leonisse como está tudo. — Dr. Paulo fala.

— Ontem, fizemos duas cirurgias e foi um sucesso. — Dr. Marcos logo conta.

— Tudo bem.

Voltam para casa e hospedam o senhor João.

No dia seguinte, o seu João faz as medidas e diz:

— Em três dias, eu ligo passando o orçamento e em 30 dias dá para montar tudo.

João volta, prepara o orçamento e liga. Nina já repassa parte do pagamento.

Dr. Paulo recebe também um telefonema da secretária do cemitério:

— Dentro de uma semana, estará pronta a capela.

— Dentro de 15 dias vou chegar e acertarei o restante.

— Tudo bem.

Tudo está ocorrendo normalmente.

José e Larissa já logo tinham a formatura e estão vivendo feliz e precariamente em um casarão sem móveis.

— Como é boa, mãe, esta experiência. A senhora quando diz que a casa que comprou caiu também diz que foi uma experiência precária. — Larissa comenta.

— Nem é tão ruim. Estou gostando. Na sala vazia até podemos dançar, com uma música dessas dá mesmo para se divertir. — José ri. — Agora, está na hora do trabalho e da faculdade.

À noite, vão visitar a mãe Nina. Ela logo pergunta:

— Como estão se saindo sem móveis?

— Nossa, mãe, é divertido. Como a senhora se sentiu quando caiu a casa que comprou e foi dormir na rede? Certo que a senhora ficou triste da morte de Rita, mas depois foi uma experiência, não foi, mãe? Temos nos sentido assim, podemos até dançar naquelas peças grandes.

— É verdade, mas tudo passou. — Nina teve que rir.

Logo, vem Dr. Paulo e diz:

— Vamos ter que ir para Santa Catarina, aquela capela que mandamos construir no cemitério está pronta. Precisamos ver e pagar o restante.

— Combinado. — fala Nina. — Querido, que bom que agora estamos mais livres. Nossos filhos já tomam conta dos negócios.

— Sim. Eles têm boas ideias de investimento.

— Eu gostaria que nosso filho Reinaldo estudasse Direto. Querido, se somos toda família da medicina, quem cuidará dos escritórios?

— Não se preocupe, querida, nossos filhos sabem cuidar de tudo.

Chega o dia da viagem a Santa Catarina.

Quando lá chegam, encontram Dr. António e Marta já estão acamados. Dr. Paulo quer levá-los ao hospital, mas se recusam e dizem:

— Seria uma despesa inútil e sofrimento para nós. Estamos sendo tratados tão bem, aqui é melhor do que no hospital.

Mas Dr. Paulo solicita para que o enfermeiro permaneça o dia inteiro e qualquer sinal chame a ambulância.

Nina fica preocupada, pois conversam tanto tempo juntos e Dr. Paulo tem muito cuidado com Dr. António. Agora, já quase com 94 anos, já acamado, mas precisam voltar e deixar as coisas em ordem. Nina precisa contabilizar tudo e preparar os pagamentos e bens familiares.

Eles voltam.

José e Larissa agora casados e morando no casarão ainda sem móveis e decoração. Logo, a formatura. Eles já recebem um consultório na clínica, com melhor salário e já pensam em uma clínica própria.

Nesse mesmo tempo, vem o caminhão de João da fábrica de móveis e começa a montagem e decoração do casarão de José e Larissa. Tudo pronto e ficou muito lindo.

José e Larissa ficam muito felizes e convidam Dr. Paulo e Nina e os pais de José para um café em sua casa nova, agora decorada. Ficaram lindos os móveis. Convidam também Dr. Marcos e Dr.ª Leonisse. Toda família está feliz e contente, só tem a agradecer a Deus.

Toda a família reunida, compartilhando com a felicidade de José e Larissa. Todos sentindo uma grande alegria de poderem estar juntos.

Foi assim, até que toca o celular de Dr. Paulo. Ele recebe a notícia do falecimento de Dr. António em Santa Catarina.

Nina e Dr. Paulo se despedem.

— Nós vamos ao velório de Dr. António. Cuidem bem dos nossos pacientes. Eu e Nina somos suficientes para o velório do avô de vocês. — fala Paulo.

Quando chegam, o enfermeiro e Carlos já tinham preparado tudo. Marta já acamada nem pode acompanhar no outro dia o sepultamento. O enfermeiro fica para ajudar nos cuidados de Marta. Dr. Paulo fica triste, agora seus pais adotivos no mesmo cemitério, e a mãe de Nina Hilda.

Os que ficam em São Paulo, Dr. Marcos, Dr.ª Leonisse, José e Larissa, começam a comentar sobre a vida e logo dizem:

— Vejam, nosso avô quase não pôde aproveitar a vida. Só trabalhava. Marta só em casa, aproveitou um pouco com nossa mãe Nina, saíam ao shopping, cinema e em outros passeios, mas não pode curtir a vida com seu marido por ser médico. Isso deve servir de exemplo, para nós, e devemos nos reunir muitas vezes, procurando médicos substitutos. Podemos curtir um pouco mais a vida, mas sempre em casal, é muito importante.

— Está certo. Somos médicos, mas não máquinas de curar e somos humanos. Pensem se estou certo e vamos nos reunir em outras ocasiões.

Marcos e Leonisse se despedem e vão ao trabalho, que é um compromisso com hospital, que é grande e exige muito esforço, embora tenha um escritório em cada setor, tem um responsável e mesmo estagiários para visitar os pacientes, como já é um hospital de fama.

Dr. Marcos tem um plano e chama sua esposa Dr.ª Leonisse e diz:

— O teu irmão diz que quer uma clínica própria.

— Sim. — concorda ela. — Olha meu plano. Que tal comprar mais aqueles dois terrenos ao lado do hospital? Alguém me falou que está à venda. Construímos uma clínica oftalmologia junto ao hospital. Poderíamos contratar mais médicos e formar um convênio próprio para muitas empresas.

— Seria fantástico, querido Marcos. Vamos ao plano, progredir e amar, junto a eles. Isso é muito importante em nossa família.

Logo por esses dias Dr. Marcos diz:

— Pai, quero que o senhor veja o terreno e se há possibilidade de compra, da casa entre o hospital.

Nina fala com a dona da casa e Dr. Paulo verifica o terreno. Nina sai contente e aceita o preço. No dia seguinte, já vão ao cartório e compram o terreno.

Tudo pronto para mais um empreendimento familiar, mas logo recebem a notícia do falecimento de Marta.

Dr. Paulo e Nina logo se preparam e vão a Santa Catarina para o velório de Marta, que será sepultada junto a seu marido, Dr. Paulo fica triste, mas é natural, faleceram pela idade e esse é o caminho para todos, não de qualquer classe social.

— É verdade. Agora, logo seremos avôs e os mais idosos da casa. Paulo, querido, o que faremos com as empregadas? A cozinheira é de São Paulo e a levamos para Larissa, e a de serviços gerais mantemos aqui. Quando viermos, ela também nos fará a comida, que já aprendeu a fazer os pratos que gostamos. Tem algumas coisas de Dr. António e Marta que devemos doar. Vamos fazer uma visitinha a Carlos e voltamos. Já estamos a dez dias aqui.

Voltam.

Ao verem as estruturas da obra que já estão prontas, Dr. Marcos marca o encontro e logo apresenta dois tipos de projetos para a obra. Larissa fica feliz com a cozinheira e dá uns dias de folga para que visite seus parentes.

— Ainda nesta reunião tratamos sobre a construtora e aquela regra de pagamento, pois a obra é grande e não queremos que demore muito.

— Mãe, como podemos enfrentar um empreendimento tão grande? — Larissa pergunta à Nina.

Nina começa a rir e logo diz:

— Vocês trabalham tanto e é bom mesmo vocês saberem o rendimento do hospital na próxima reunião. Eu apresentarei as planilhas dos rendimentos dos últimos meses. Que Dr. Marcos e Dr.ª Leonisse tirem uns dias de folga e Larissa e José também. Quando este empreendimento estiver pronto, faremos uma inauguração familiar.

Dr. Paulo e os filhos começam a rir e dizem:

— É por conta da medicina.

Dr. Paulo começa a atuar no consultório e logo vê o hospital lotado de pacientes de outras regiões. A fama de Dr. Marcos e Dr.ª Leonisse já se espalha. Logo pensa em quando ficará pronto a nova parte do hospital e ainda pensa em uma ligeira visita a todos pacientes. Pergunta sobre o atendimento e só ouve elogios, mesmo dos pacientes mais exigentes.

Logo, Dr. Paulo encontra um grupo de estudantes no corredor e pergunta ao professor:

— Vão fazer algumas visitas?

— Não, Dr. Marcos e Dr.ª Leonisse vão ter uma cirurgia, nós iremos acompanhar.

— Ah, muito bem.

Dr. Marcos e Dr.ª Leonisse os chamam para a sala de reunião e dizem:

— Temos um transplante de coração e é importante. Vem da Europa. Gostaria que só nós três fizéssemos este transplante. É importante para nosso hospital ficar famoso fora do país. Já temos pacientes de todos os estados e podemos ser o hospital modelo.

Dr. Paulo conta à Nina que teve muitos elogios.

— Sim. — diz Nina. — Vi os rendimentos e tudo que a secretaria nossa me passou. — Foi uma surpresa. Nosso filho tem reunido no salão de reunião de médicos que participam médicos de outros hospitais e estudantes prestes a se formarem. Tenho visto tudo em planilhas e manuscritos que devem ficar arquivados aqui em meu escritório. Querido Paulo, veja como são competentes e têm interesse pelo patrimônio e pela profissão, o diálogo entre irmãos e os dois tiveram sorte na escolha matrimonial. Vejo como se dão bem.

— Sim, somos felizes por termos filhos tão queridos. Vamos agradecer. Que Deus sempre nos abençoe e que Reinaldo também seja um bom menino, querida Nina. — Dr. Paulo fala.

— Sim, Paulo, tenho recebido elogios do colégio onde estuda.

No dia seguinte, vem Larissa e diz:

— Mãe, vou lhe contar uma novidade.

— Já imagino. Você está grávida.

— Sim, mãe, eu já ia lhe contar.

Nina começa a rir e diz:

— Ainda bem que temos a ala de maternidade em nosso hospital, porque quero muitos netos.

Larissa fica feliz.

— Quando a criança nascer, vou lhe ceder a babá, que Reinaldo já pode ir sozinho, já está no último ano do primeiro grau. — Nina ainda diz.

Larissa agradece e fica feliz.

— A obra já está em fase de acabamento. Logo vamos trabalhar no hospital. — fala a filha.

— Sim. — diz Nina. — Já me comunicaram e vão terminar com rapidez, dentro do prazo estipulado.

Nesse momento, vem José todo contente e diz:

— Querida Larissa, já contou à mãe da novidade?

— Sim.

Nina vê a felicidade de José, que logo sai abraçado com a esposa.

Logo vem Dr. Paulo e diz:

— Querida, o transplante foi um sucesso e foi publicado em todos os jornais da Europa e aqui no Brasil. Eu vi como Dr. Marcos e Dr.ª Leonisse são competentes em cirurgias. Fico feliz que podemos confiar.

— Temos novidades. Vamos ser avós de um filho de Larissa e José. Ainda não sabemos o sexo, mas já começa o pré-natal.

— Então, mais um médico.

— É bem possível. — Nina ri. — Dr. Marcos e Dr.ª Leonisse quase não param em casa e fazem plantão o tempo todo. Pouco tempo para estarmos juntos.

— A medicina é assim, leva todo o nosso tempo, o médico e nem tem tempo para si mesmo. Veja, querida, Dr. António, antes de nos casar, Marta ficava sozinha com as empregadas. Era um médico responsável pelo hospital. Você que a animou e agora eu já estou mais com você e já pensei em uma saída, em contratar um médico plantonista. Muitas vezes, puderam sair fim de semana. Eu também às vezes os auxiliarei.

— Que bom. Você pensa em tudo. Vou marcar uma reunião familiar e falarei um pouco sobre a contratação e do falecido Dr. António. Que tenhamos mais vida. Agora com o sucesso das cirurgias e transplantes, teremos certamente inúmeras cirurgias de outros estados e não podemos deixar de ser família. Para não nos esgotarmos, é preciso viver a vida. Também já podemos contratar mais de um profissional. — Nina diz.

Nina ainda comenta um pouco da gravidez de Larissa, e neste momento Dr.ª Leonisse diz à Nina:

— Também estou grávida. A senhora não se preocupe, vai ter muitos netos. Sabíamos que ser médico é assim mesmo, mãe. Dr. Marcos e eu estamos felizes, por estarmos todos os dias juntos, mas gostei do plano de contratarmos mais médicos. Já que estamos em reunião, eu gostaria de propor já que a obra é grande, deixar uma ala para geriatria e terceirizá-la a um médico profissional.

— É importante e é o que ainda falta em nosso hospital. Vamos ver se encontramos um médico profissional, pela terceirização e um plantonista clínico-geral. — Dr. Paulo diz.

Logo, Nina recebe elogios.

— Esta reunião valeu.

Em alguns dias, vem o filho mais novo dizendo:

— No próximo ano, vou prestar vestibular. Vou à faculdade, mãe. Estou pensando em Medicina.

— Que bom. — responde ela.

— Mãe, mas não só isso que quero conversar.

— Então, diga, filho.

— A senhora não fique brava comigo. Eu li a sua agenda. É verdade que a senhora viveu num castelo e era princesa?

— Sim, filho.

— Mas como depois a senhora se tornou mendiga e o pai a encontrou juntando recicláveis?

— Essa história lhe contarei em outro dia.

— Tudo bem, mãe. Vou te cobrar.

Logo à noite, Nina conta a seu marido.

— Nosso filho Reinaldo está pensando em ser médico, mas me fez muitas perguntas sobre a princesa e a mendiga que você me encontrou na lixeira. Fiquei surpresa que leu minha agenda, até já pensei em escondê-la, mas é bom. Vou lhe contar tudo e direi que não conte a ninguém. Assim vejo se já sabe o que pode falar e o que não com seus colegas

— Está certo, querida. — Dr. Paulo diz.

Semanas depois, a obra já está em fase de cobertura. Tudo em pleno funcionamento, José e Larissa preparam para os equipamentos modernos para oftalmologia, a sala comercial já reservada para uma ótica filial, já confirmada, com dois profissionais e a terceirização da geriatria.

Assim, Dr. Paulo marca uma reunião familiar.

Logo no domingo à tarde, após o café, começa a reunião.

Nina começa a falar.

— Em pouco tempo, temos a obra pronta. Tudo está se encaminhando. Bem, vamos ter um hospital modelo.

— Larissa e José, meus filhos, quero que façam a relação dos equipamentos e móveis dos consultórios. A loja já está reservada a uma filial de uma ótica, e dois médicos terceirizaram a geriatria. Então estamos quase completos. Temos leitos suficientes. Finalizamos esta reunião ainda. — Dr. Paulo fala.

Nina dá os parabéns as duas futuras mães.

— Que bom. Dois netos ao mesmo tempo. Estamos felizes.

Assim, Dr. Paulo termina a reunião dizendo ainda:

— Graças à dedicação de vocês, tudo está sendo realizado.

Reinaldo cobra da mãe:

— Você disse que me contaria sobre sua vida.

— Também, você não para. É preciso tempo. Agora você já vai ao vestibular. Você passa muito tempo no hospital.

— Ah, mãe, se quero seguir mesmo que meus irmãos, eu preciso estar ao lado dos pacientes.

— Então, meu filho, um dia à tarde vou lhe contar. Agora, já está na hora ir para o cursinho.

Logo chega Dr. Paulo e Nina diz:

— Querido, então nosso filho Reinaldo já começa a conhecer os pacientes.

— Sim, querida. Acho muito interessante que põe o jaleco do irmão e quer ser importante. Vi que os pacientes gostam dele. Ele conversa e pergunta se precisam de alguma coisa, parece um pequeno médico.

— Que interessante. Tenho observado. Está chegando o dia do nascimento de nossos netos. Querido, estamos ficando velhos.

— Ser idoso também é uma virtude. — Dr. Paulo diz.

Logo, chega Reinaldo do cursinho e fala:

— Mãe, agora me conte de sua vida.

— Olha, filho, precisa entender. Já leu minha agenda e não compreendeu? Vou lhe contar. Eu morava num castelo e os pais de Paulo num sítio bem perto do palácio. Eu era a princesa. Nos conhecemos no colégio, em todo recreio estávamos juntos. Meu pai viajava muito e minha mãe não me deixava sair do palácio. Paulo não podia nem chegar perto, só nos víamos no colégio. Quando a minha babá viu que já estávamos namorando, ela nos apoiou e ia mais cedo, na saída esperava um pouco mais para nós namorarmos. Carlos me apoiava. Num certo dia, eu e Paulo fizemos um pacto de um dia nos casarmos. Mas a mãe de Paulo faleceu e o pai muito triste logo morreu. Seu tio aqui de São Paulo que era médico o adotou e levou Paulo. Logo mais tarde, meu pai se acidentou e morreu. O dinheiro foi acabando e minha mãe descobriu que ele tinha outra família e era casado com minha mãe só na Igreja. O palácio estava no nome de meu irmão e no meu. Como não tinha mais dinheiro e nem comida, os empregados foram embora e minha mãe também morreu. Só nos restava vender o palácio. Então, meu irmão compra um sítio e eu um bom terreno com uma velha casa e dois barracões. Meu irmão começou a plantar e para mim ainda sobrou um pouco de dinheiro, mas logo acabou. Então, aluguei os barracões para uma catadora chamada Rita. Como eu não fazia nada, às vezes a acompanhava. Certo dia, vem um temporal e Rita estava em casa e eu nos barracões. Um vendaval derruba a casa e Rita morre. Eu continuei, mas sonhava todas as noites com Paulo e ele também sonhava comigo. Ele se formou médico e construiu um hospital. Certo dia, quando veio me buscar, me encontrou na lixeira da churrascaria, onde ia fazer a refeição. Aí a minha vida mudou. É essa a história que queria saber e o restante está na minha agenda. Pode ler.

Reinaldo ficou satisfeito, mas sua mãe o advertiu:

— Não conte isso para seus colegas, pois não precisam saber de minha vida.

Reinaldo começa a rir e diz:

— Tudo bem, mãe.

Logo vem José e conta:

— Mãe, Larissa já está na maternidade. Estou indo vê-la. A babá já preparou o quarto do nenê. Vai se chamar Maria.

— Me liga, quando chegar à maternidade. — Nina fica feliz.

Maria já tinha nascido.

Em seguida, José liga para Nina contando que nasceu e ocorreu tudo bem.

— Vou vê-la. — Nina diz.

Ela vai à maternidade e vê a netinha linda. Ela ainda está no quarto. A enfermeira vem e diz:

— Leonisse também já está aí e vai ter seu bebê ainda hoje.

Nina fica ainda mais feliz e agradece a Deus.

Logo, Dr. Paulo também passa pela maternidade, vê sua neta e vê como está Dr.ª Leonisse. Ele deseja que ocorra tudo bem.

Dr. Paulo ainda encontra Nina no hospital e pergunta:

— Quer ver a obra já em fase de acabamento?

Nina aceita e logo vê.

— Que obra grande e linda. Querido, ontem ainda paguei uma parcela ao responsável da obra. Agora vejo o tamanho. Como é grande. Pela maquete não dá para imaginar o tamanho.

Logo vem Dr. Marcos e diz:

— Mãe e pai, Leonisse já entrou em trabalho de parto.

Ambos dizem os parabéns quase juntos.

Quando Nina chega em casa, pede para a nova babá que deixe o quartinho do nenê pronto e arrumadinho.

— Já sei que é um gurizinho. O nome dele será António, herdará o nome do falecido bisavô. Quando as mães se recuperarem, eu e Paulo vamos parar uns dias na casa de férias em Santa Catarina, nossa terra-natal.

Quando Dr. Paulo chega, Nina logo diz:

— Querido, já visitei o hospital hoje. Vi o consultório do médico plantonista e de Dr. Marcos, Dr.ª Leonisse e o seu, e vi o hospital quase lotado. Vocês estão ficando famosos mesmo. Ah, se nossos pais estivessem vivos.

— Eles estão bem. — Dr. Paulo diz. — Só praticaram o bem e muita caridade que eu vi.

— Quando as mães se recuperarem, vamos parar uns dias na casa de férias. A parte do hospital para Larissa e José está quase pronta. É bom nós tirarmos uns dias para nós. — Nina ainda diz.

— Mas vamos esperar pelo menos 30 dias, assim as mães se recuperam e começam a trabalhar. Uma parte do hospital está pronta e a ótica já vai funcionar e trazer clientes, mas ficaremos só por uns dias e voltaremos. Se estiver tudo andando bem, na outra vez, ficaremos mais tempo. — Dr. Paulo concorda.

— Querido, tudo bem. — Nina gostou da ideia.

Alguns meses depois, tudo ocorreu como previsto. A obra ficou pronta e José e Larissa já começam a atender em seus consultórios, a ótica já funcionando e os pequenos Maria e António já correndo na felicidade da família. Reinaldo já faz faculdade de Medicina.

Nina diz:

— Meu querido marido, agora já pode tirar uns dias em nossa casa de férias.

— Sim. — concorda Dr. Paulo. — Pode aprontar as coisas que você gostaria de levar.

— Já há algum tempo que não vamos. Quero ver como está o jardim e a conservação da casa. — Nina ainda diz.

Paulo começam a rir.

— Eu liguei para teu irmão. Ele me disse que está tudo muito lindo, o jardim florido e a casa sempre limpinha.

— Ah, que bom. Então, vamos ainda esta semana e com mais uns dias na casa de férias.

Quando chegam, logo Nina diz:

— Vamos almoçar naquela churrascaria e vê se para perto da lixeira.

Dr. Paulo entra no estacionamento e diz:

— Nossa, querida, a lixeira ainda se encontra no mesmo lugar, mas não vejo nenhuma mendiga.

Nina começa a rir.

— Agora ela é tua princesa.

Dr. Paulo também teve que rir.

Logo após terem almoçado, chegam à casa. Nina fica surpresa. O jardim estava realmente muito lindo e florido e a casa limpinha. Tudo na maior ordem. Algumas árvores frutíferas dando seus frutos, a piscina limpinha.

— Querido, como nossa caseira faz tudo isso? Mantém tudo em ordem.

Nina fica feliz e logo vai às compras.

— Vamos ficar uns cinco dias. Amanhã, iremos à casa de Carlos que já nos espera e até seus filhos já casados e formados querem que os visitemos. Quero passar pelo cemitério, para orar pelos meus pais que faleceram e que tanto fizeram por nós.

— Querida, vai dar tempo para tudo, até para nós revermos o castelo onde você, minha princesa, morava quando criança e o colégio onde pudemos namorar. Veja quanta recordação, querida. Este lugar tranquilo e sossegado é quase um paraíso, nossa cidade São Paulo uma agitação. Ser médico é ainda mais ausência familiar. Quando estamos aqui, parece que a vida é bem diferente, sossego total. Posso te amar o dia todo sem me preocupar com o hospital. Veja, querida, nós lutamos, criamos os filhos que até se preocupam conosco e são responsáveis até pelos bens, podemos ficar tranquilos, minha querida Nina.

Assim ficamos quase 15 dias visitando parentes, lugares turísticos da cidade e arredores.

— Voltamos contando aos nossos filhos muitas coisas e muitos assuntos destes dias de descanso, que foram tão agradáveis.

Reinaldo logo diz:

— Quando eu tiver meu próprio carro, eu vou ficar uns dias lá, mãe.

— Ainda vai demorar um pouco até você ter a habilitação. — Nina diz.

José e Larissa estão contentes com a clínica junto ao hospital e já atendendo os conveniados do hospital, a ótica com boa clientela. Dr. Marcos vê que precisa ampliar melhor a farmácia do hospital e fala com seu pai sobre o assunto, o qual fica para a próxima reunião.

Logo, Dr. Paulo e Dr. Marcos marcam na casa dos pais, onde há uma sala grande onde sempre são as reuniões de família.

Dentro de poucos dias, começa a reunião familiar.

— Fale você, Leonisse. — diz Nina.

Ela logo fala.

— Nosso hospital é o maior de São Paulo, mas gostaríamos de melhorar a farmácia e compraríamos aquela propriedade que ainda resta à venda. Se comprarmos, daria uma ótima farmácia de manipulação, a farmácia que temos só para a parte interna do hospital, e a do lado podíamos terceirizar, como a ótica.

— Tudo bem. — concorda Nina.

Larissa e José também vêm com as suas propostas de melhorar

— Já temos a sala de cirurgia. Só precisamos dos equipamentos e vamos nos preparar com uma pós-graduação. Mudaremos. Ao invés de clínica, será hospital de olhos.

Nina imediatamente aprovada.

Dr. Paulo também diz:

— Já temos fama até na Europa. Temos um hospital com todas as opções medicinais, só nos falta anexar uma clínica odontológica, para termos todas as funções.

Nina começa a rir.

— Somos uma família da medicina.

— Estou na faculdade e reclamo só por um carro. Todos os colegas de faculdade vão de carro. — o filho mais novo Reinaldo diz.

— Você aproveitou a reunião para fazer seu pedido. No começo do ano, você fará dezoito anos. Vai ter seu carro. — Nina ri.

— Na próxima semana, vamos ter a reunião dos médicos do hospital na sala de reunião, ainda vou marcar o dia e hora e vocês não podem faltar. — Dr. Paulo ainda diz. — Terminamos a reunião familiar.

Dentro de uns dias, tudo começa a se realizar. O proprietário do imóvel ao lado do hospital vem e oferece e o vende por um bom preço. Dr. Marcos e Dr.ª Leonisse aceitam e compram.

Em seguida, ligam para mãe e pedem que vá ao cartório.

— Vocês são ligeiros, mas foi um bom negócio. — Nina ri e diz.

Nina ainda elogia todas as enfermeiras que atuam no seu trabalho. Com reunião trimestral com os funcionários, tudo está em elogios e todos os pacientes são visitados diariamente.

— Só temos elogios.

Nina ainda elogia todos os médicos do hospital e seus filhos, genros e noras. Até Reinaldo já participa das visitas diárias.

— Querida, a reunião foi um sucesso. Veja que logo podemos tirar uns dias de férias mais prolongadas. Vejo que tudo está sendo bem controlado pelos nossos filhos. Agora, já somos avós. O tempo passou tão rápido. — Dr. Paulo diz à Nina.

Em mais uns meses, vem Reinaldo e diz:

— Essa é minha amiga de faculdade, Regina. Estamos na mesma série. Ela também quer ser clínico-geral. Vou com ela ao hospital e vamos juntos visitar os pacientes. Já liguei a Dr. Marcos que deixe mais um jaleco para ela.

— Aí vem namoro. — Nina já pensa.

Nina e Dr. Paulo resolvem tirar uns dias de férias e visitar conhecidos. Dr. Paulo e Nina dentro de 15 dias voltam e encontram Reinaldo e Regina de mãos dadas. Dr. Paulo e Nina conversam com eles sobre o significado do namoro e a vida a dois. Eles ficam muito felizes e tomam café.

— Pai, hoje visitamos os pacientes do hospital juntos. Dr. Marcos nos convidou para amanhã participarmos de uma cirurgia. — Reinaldo ainda diz.

Dr. Paulo fica contente e diz para Nina:

— Viu, eu disse que Reinaldo seria médico, querida Nina.

Nina põe seu escritório em dia.

Dr. Paulo, chegando ao hospital, logo encontra Dr. Marcos e Dr.ª Leonisse que contam sobre Reinaldo e Regina.

— Fazem um bom trabalho. Percebemos que são agradáveis aos pacientes e estão adiantados em seus estudos. É bom que aprendam também na prática. Pedi que participassem de uma cirurgia. Quero observar como agem.

— Tudo bem, filhos. — Dr. Paulo fala.

Dr. Paulo ainda passa pela ala do hospital da clínica de oftalmologia e vê como estão se saindo Larissa e José. Eles o cumprimentam. Ele vê que têm uma boa clientela e dá os parabéns a eles.

Ainda, visita a ótica, já com boa clientela, e passa por fora do hospital onde será a nova clínica de odontologia.

Dr. Paulo volta para casa e Nina o convida para ir ao shopping.

Ele ri.

— Eu vou com você, pois tão pouco saímos passear de mãos pegadas. Nossa vida só foi trabalhar. Gostei do convite. Vamos, minha princesa.

Eles passaram por um grande shopping e Dr. Paulo diz:

— Até parece com nosso hospital, que é um grande centro médico com todas as opções.

— Querido, precisamos sair mais juntos e ir ao cinema e a alguns pontos turísticos, restaurantes e outros lugares. — Nina ri.

— Já temos médicos suficientes para cuidar de nossas coisas. — Dr. Paulo concorda.

Naquela noite mesmo, vão ao cinema.

— Querida, desde a faculdade que não vou ao cinema. — Dr. Paulo agradece à Nina. — Querida, vejo que a vida não é só para o trabalho e que a nossa missão é salvar vidas, mas também é preciso viver. É o que você está me ensinando, querida, estou tão feliz que você nem imagina. Isso me faz lembrar do dia mais feliz de minha vida, quando nós estávamos próximos ao sítio que era de meu pai e perto do castelo. "A mocinha que morava aqui que eu procuro". Você quase desmaiou e disse "sou eu", também quase não acreditei, mas quando disse teu nome e do teu irmão. Eu te abracei e te beijei. Eu não posso esquecer. Desde então, não te deixei mais, casamos e agora já somos avós.

— Eu também não posso te esquecer. Tudo passou tão depressa. Agora nosso filho mais novo já está com namorada e quase terminando a faculdade, mais um casal de médicos. Só pode ser graça de Deus.

Nos dias seguintes, Dr. Paulo já fica menos no consultório e passa mais tempo em sua residência. Até seus filhos ficam preocupados e comentam entre eles:

— Nosso pai que passava todo tempo aqui no hospital agora está mais em casa. Qual será seu problema?

— Vamos marcar uma reunião de família. Se não falarem nada, perguntarei. — Larissa fica preocupada.

— Tudo bem. Fica a cargo de você e José. — Dr. Marcos diz.

— Querida, qual é o motivo para a reunião? É preciso planejar algo. — Dr. José pergunta.

— Sim, querido, já estou pensando.

A reunião foi marcada para uma tarde de cafezinho.

Larissa começa dizendo:

— Nossa obra está quase em fase de acabamento. Estamos felizes por um empreendimento tão bonito. Teremos uma clínica de odontologia e alguns leitos na parte superior, mas o sentido da reunião não é só a obra. Estamos todos preocupados com o pai. A mãe parece não estar muito contente. Será algo de nosso proceder e será de ocupar a direção do hospital ou ele não está se sentindo muito bem. Mãe, conte-nos.

— Como vocês se preocupam com os pais. Gostei da atitude de vocês, mas não se preocupem. A sua mãe me convenceu que só trabalhar não é bom, é preciso também viver, ter lazer. Vejam seu avô, Dr. António, que construiu o hospital. Ele não teve lazer, não pôde passear com Marta, ir a um cinema ou qualquer diversão. Quero aproveitar um pouquinho da minha vida, com sua mãe. Esse exemplo vale também para vocês, filhos. Eu vi que o hospital está bem administrado, graças a vocês. Assim pude ter uma folga e sair com sua mãe, minha querida, de mãos dadas, no shopping e no cinema. Quase tive de chorar de alegria. Aí vejo meus filhos preocupados conosco. — Dr. Paulo fala.

Todos aplaudiram Dr. Paulo e ficaram felizes.

— Quando quiserem ficar uns dias na casa de férias, tudo bem. — Dr. Marcos e Dr.ª Leonisse comentam.

— Quando a nova parte do hospital estiver em funcionamento, nós vamos e ficaremos uns dias. — Dr. Paulo diz. — Quando vocês quiserem uma folga, eu posso ficar mais no consultório.

— Logo teremos mais dois clínicos-gerais, Dr. Reinaldo e Dr.ª Regina, e poderemos folgar um pouco mais. Eles também já fazem alguns trabalhos, participam de cirurgias, praticam diagnósticos e já recebem salário de estagiários. Eles estão contentes e bem ativos.

Nina fica contente com essas palavras.

Assim dão por encerrada mais uma reunião.

Nina, em seu escritório, controla e registra tudo.

— Querida, quando vamos ao shopping? — pergunta o marido.

— Quando quiser, iremos. Temos que comprar alguns presentes para os filhos de meu irmão, seus netos e para nossa caseira que cuida tão bem de nossa casa. Dessa vez, vamos ficar só uma semana ou menos. — Nina ainda comenta. — Querido, este fim de ano vamos ter muita coisa a festejar, a formatura de Reinaldo e Regina, ainda não conhecemos seus pais. Eles até já noivaram. Lembra, você tinha uma cirurgia importante marcada neste dia e não pudemos participar. Vamos ter casamento logo após a formatura. Aí podemos passar mais tempo em nossa casa de férias e em nossa cidade calma.

— Onde Reinaldo pretende morar?

— Ele comentou comigo que gostaria de um dos apartamentos e disse que é mais seguro.

— Tudo bem.

Assim, vão ao shopping e compram muitos presentes.

Agora, Dr. Paulo junto à Nina fica feliz em fazerem as compras.

Eles seguem em viagem de uma semana à casa de férias. Param no trajeto para um lanche, chegam já tarde e vão descansar.

No dia seguinte, vão à casa de Carlos e fazem a entrega dos presentes. Eles ficam tão felizes e voltam para casa de férias. A caseira prepara um saboroso jantar. Dr. Paulo a elogia pelo trabalho e a casa toda em ordem, com tudo brilhando. Nina mata a saudade tocando o velho piano do tempo de princesa e ver algumas lembranças que sobraram do castelo.

No dia seguinte, vão à sorveteria.

Nina nem conheceu mais o proprietário. Ela pergunta seu nome e vê que é o mesmo daquele tempo.

— Você se lembra de uma mendiga que catava os recicláveis? — pergunta ela.

— É claro. — responde o senhor.

— Sou eu. — Nina ri.

— Nossa! Não acredito.

— Sou sim. O senhor até guardava para mim os recicláveis.

Nina conta de sua vida no escritório, no hospital e dos filhos que são médicos, noras e genros todos são médicos. O senhor da sorveteria se admira.

Dr. Paulo diz:

— Eu também já morava aqui. Meu pai tinha um sítio e eu namorava a princesa quando ainda morava no castelo. A encontrei novamente numa caçamba juntando lixo. Desde então, não a larguei mais. Veja que jovem linda, ótima administradora, uma boa mãe, uma linda esposa, só tenho que agradecer.

Nina teve que rir.

Eles vão para casa para descansar.

— Amanhã, vamos voltar bem cedinho, que nossos filhos já devem estar à nossa espera. Foi um bom passeio. Gostei. — diz Paulo.

— Vamos vir mais vezes. — completa Nina.

Quando voltam, a construtora já entrega a nova obra.

Paulo e Nina inspecionam tudo e dizem:

— Ficou tudo como planejamos. Temos dez leitos e a clínica, que é terceirizada.

— Nina, nosso hospital pode não ser o maior, mas é o mais completo, pode até ser chamado de centro de saúde. — Dr. Paulo ainda diz.

Naqueles dias, Dr. Paulo ainda fica em seu consultório e observa Reinaldo e Regina. Ele vê que têm um jeito agradável de atendimento ao cliente. Quando Dr. Paulo chega em casa, conta à Nina:

— Querida, hoje observei Reinaldo e Regina. Estão prontos e têm também um grande dom de médicos.

— Sim. Com que ganham estão decorando o apartamento. Vão casar logo que se formarem. Vejo que se gostam. Estou pensando em deixar o meu consultório a um e outro pode usar o consultório do plantonista que já ocupam. E nós ficamos só namorando. Você concorda?

— Claro que concordo. Assim, recuperamos o nosso tempo do desencontro.

— Você foi adotado por seu tio médico e você estudou, eu em minha cidade juntava lixo, mas pensando todo dia em você, como se estivéssemos namorando por pensamento.

— Isso também me ocorreu? — Dr. Paulo diz.

Abraçaram-se nessa tarde e comemoraram. À noitezinha, foram ao cinema.

Quando Dr. Marcos chega, pergunta à cozinheira:

— Cadê papai e mamãe?

— Vi se abraçarem e dizerem que iam ao cinema. Só isso.

— Então, ficaram tranquilos. Eles se amam muito. — Marcos diz à Leonisse.

— Eu já tinha observado e já tenho pensado que um dia poderá substituir no seu escritório. — Leonisse diz.

— Já pensei nisso. Vamos aumentar o escritório do hospital e falar com meu padrinho, marido da secretária, que é formado em Administração e atualmente é bancário ou contratamos um profissional.

Dr. Paulo volta ao consultório e participa de uma cirurgia de risco. Ao terminar, diz:

— Vejo a competência de vocês, vejo também o hospital quase sempre lotado. É um bom sinal.

Assim, Dr. Paulo fica tranquilo e diz à Nina:

— Querida, vamos fazer um passeio.

— Vamos.

Deixaram tudo e só voltam à noite.

Com mais umas semanas, chegou o grande dia da formatura de Reinaldo e Regina. Dessa vez, Paulo e Nina participam de todas as comemorações. Eles conhecem os pais de Regina e os convidam para um café em sua casa.

Logo na semana seguinte, na hora do café, como os pais de Regina também participam, Regina e Reinaldo falam da data do casamento e que já está tudo preparado. Nina gostou e Dr. Paulo diz:

— Vocês podem continuar no hospital, se quiserem, e terão o salário igual.

Eles gostaram da proposta e foi uma tarde feliz.

Dr. Paulo diz à Nina:

— Vamos mais uma vez antes do casamento à nossa casa de férias.

— É bom. O casamento está muito próximo e podemos nos distrair aqui e, após o casamento, podemos ficar um pouco mais de dias.

Dr. Paulo concorda.

Nos dias seguintes, vão visitar alguns museus e lugares históricos.

Os dias foram passando. Chegou o dia do casamento de Reinaldo e Regina. Tudo ocorreu como previsto e foi um casamento maravilhoso.

— Nina, querida, tudo está como previsto. Nosso filho mais novo casado e já formado. Estamos ficando velhos. Eu acho fantástico. Todos seguiram a minha profissão. — Dr. Paulo diz.

— Se não fosse assim, a quem confiaríamos o hospital? Lembra Dr. António e Marta, nossos pais adotivos, estamos na mesma posição.

— É verdade, querida, como é este mundo.

Logo após umas semanas, Dr. Paulo vê tudo normal, dá as ordens e diz que vai passar umas semanas na casa de férias com Nina.

Eles seguiram viagem e ficaram uns 20 dias. Já com saudades, voltam e dizem aos filhos que se reuniram e contam que se divertiram e que foi legal.

Dr. Marcos logo diz:

— Terceirizamos a clínica odontológica para uma empresa de doutores especializados.

— Vocês não são somente médicos, mas bons administradores. — Nina logo os elogia.

Dr. Paulo e Nina ficam apenas uma semana e voltam à casa de férias.

— Quando coloquei os recursos em dias no escritório, notei um certo aumento de renda. Isso é sinal de progresso deles. A secretária, nossa comadre, é eficiente e controla todos os custos e lucros. Ficaremos mais uns 20 dias e veremos como tudo irá ocorrer. Na próxima vez, ficaremos mais tempo. — Nina relata a Dr. Paulo.

Passados os 20 dias, voltam. Nina logo vai ao escritório e vê tudo organizado.

Marcos e Leonisse deixam tudo em ordem.

Nina contabiliza, registra e diz a Dr. Paulo:

— Nossos filhos são competentes. Podemos confiar. Eu vi nesses 20 dias duas cirurgias de risco, cinco simples e dois transplantes. Tudo com sucesso. Têm contabilizado todos os pagamentos e lucros e a conta bancária é boa.

— Querida, você sempre controla nosso trabalho.

Assim, começa a rir.

— Para um bom êxito, é preciso cuidar e você viu, querido, acho que logo teremos mais netos.

— Querida, amanhã vamos visitar todas as alas do nosso hospital e podemos ver como estão nossas clínicas. Se sobrar tempo, iremos ao cinema. — Paulo fica feliz.

— Tudo bem. — diz Nina.

No dia seguinte, tudo ocorreu como o planejado.

Paulo abraça Nina. Ela estranha e pensa:

— Como ficou romântico e amoroso.

Paulo a convida a ir ao shopping e diz:

— Semana que vem, vamos à casa de férias.

Logo à noite, Nina fala para Marcos:

— Filho, estou estranhando teu pai, que está gostando de passear e folgar e ficou muito amoroso.

— Ah, mãe, ele só quer aproveitar um pouco sua vida. Ele já trabalhou tanto.

Logo na semana seguinte, vão à casa de férias em Santa Catarina e ficam uns 20 dias. Eles visitam todos os conhecidos, comadres e compadres e almoçam na churrascaria. No outro dia, vão à sorveteria e voltam a São Paulo.

Quando voltam, em uma pequena curva, havia um acidente. Eles param na traseira de um caminhão e vem outra carreta em alta velocidade e bate atrás, esmagando seu carro. Tudo foi tão rápido. Chamam os bombeiros e ambulância. Avisam o hospital.

Dr. Marcos recebe a ligação. Imediatamente, ele chama Larissa, José, Reinaldo, Regina e Leonisse:

— Será grave.

Logo vem a ambulância e vêm os dois sem vida, nada mais a fazer. Começa a correria em todo hospital. Muita tristeza. Dr. Marcos e Dr.ª Leonisse já os encaminham do pronto-socorro do hospital à funerária. Pedem para Larissa ligar para o irmão de Nina em Santa Catarina e pegar o telefone da secretária do cemitério para serem sepultados juntos a seus pais.

Foi um susto, pois estavam tão bem.

Carlos providencia tudo e liga.

Tudo preparado. Seguem todos juntos à funerária. Um pequeno velório e o sepultamento. Logo, reúnem-se na casa de férias e combinam uma reunião na casa de Marcos e Leonisse.

ADEUS

Dr. Paulo e Nina

Em uma pequena sequência.

Nos dias seguintes, na reunião, Larissa fala sobre o inventário:

— Gostaria que Reinaldo e Regina ficassem com os apartamentos e lojas. Marcos e Leonisse com a mansão que já ocupam. Eu e José onde moramos, e o hospital e as duas clínicas para nós três dividirmos os lucros, onde todos nós trabalhamos.

Todos entenderam e concordaram. E assim foi.

Final de vida de Dr. Paulo e Nina, a princesa.
Tiveram muitos netos.

Uma história de vida matrimonial da Medicina.

*Se você gostou desta história, presenteie um amigo ou quem você ama.*